世界最強となった兄と
兄へ絶対的な信頼を寄せる妹。
彼らが理想とする社会実現のための一歩を踏み出した時、

混乱と変革の日々の幕が開いた――。

続・魔法科高校の劣等生
メイジアン・カンパニー
The irregular at magic high school
Magian Company

3

佐島 勤
Tsutomu Sato
illustration
石田可奈
Kana Ishida

司波達也
しば・たつや
魔法大学三年。
数々の戦略級魔法師を倒し、その実力を示した
『最強の魔法師』。深雪の婚約者。
メイジアン・ソサエティの副代表を務め、
メイジアン・カンパニーを立ち上げた。

司波深雪
しば・みゆき
魔法大学三年。
四葉家の次期当主。達也の婚約者。
冷却魔法を得意とする。
メイジアン・カンパニーの理事長を務める。

アンジェリーナ・クドウ・シールズ
魔法大学三年。
元USNA軍スターズ総隊長アンジー・シリウス。
日本に帰化し、深雪の護衛として、
達也、深雪とともに生活している。

九島光宣
くどう・みのる
達也との決戦後、水波とともに眠りについた。
現在は水波とともに衛星軌道上から
達也の手伝いをしている。

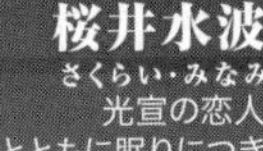

桜井水波
さくらい・みなみ
光宣の恋人。
光宣とともに眠りにつき、
現在は光宣と生活をともにしている。

藤林響子
ふじばやし・きょうこ
国防軍を退役し、四葉家で研究に従事。
2100年メイジアン・カンパニーへと入社する。

遠上遼介
とおかみ・りょうすけ
USNAの政治結社『FEHR』に所属している日本人の青年。
バンクーバーへ留学中に、
『FEHR』の活動に傾倒し、大学を中退。
数字落ちである『十神』の魔法を使う。

レナ・フェール
USNAの政治結社『FEHR』の首領。
『聖女』の異名を持ち、カリスマ的存在となっている。
実年齢は三十歳だが、
十六歳前後にしか見えない。

アーシャ・チャンドラセカール
戦略級魔法『アグニ・ダウンバースト』の開発者。
達也とともにメイジアン・ソサエティを設立し、
代表を務める。

アイラ・クリシュナ・シャーストリー
チャンドラセカールの護衛で
『アグニ・ダウンバースト』を会得した
非公認の戦略級魔法師。

一条将輝
いちじょう・まさき
魔法大学三年。
十師族・一条家の次期当主。

十文字克人
じゅうもんじ・かつと
十師族・十文字家の当主。
実家の土木会社の役員に就任。
達也曰く『巌のような人物』。

七草真由美
さえぐさ・まゆみ
十師族・七草家の長女。
魔法大学を卒業後、七草家関連企業に入社したが、
メイジアン・カンパニーに転職することとなった。

西城レオンハルト

さいじょう・れおんはると

第一高校卒業後、克災救難大学校、
通称レスキュー大に進学。達也の友人。
硬化魔法が得意な明るい性格の持ち主。

千葉エリカ

ちば・えりか

魔法大学三年。達也の友人。
チャーミングなトラブルメイカー。

吉田幹比古

よしだ・みきひこ

魔法大学三年。古式魔法の名家。
エリカとは幼少期からの顔見知り。

柴田美月

しばた・みづき

第一高校卒業後、デザイン学校に進学。
達也の友人。霊子放射光過敏症。
少し天然が入った真面目な少女。

光井ほのか

みつい・ほのか

魔法大学三年。光波振動系魔法が得意。
達也に想いを寄せている。
思い込むとやや直情的。

北山雫

きたやま・しずく

魔法大学三年。ほのかとは幼馴染。
振動・加速系魔法が得意。
感情の起伏をあまり表に出さない。

四葉真夜
よつば・まや
達也と深雪の叔母。
四葉家の現当主。

葉山
はやま
真夜に仕える老齢の執事。

黒羽亜夜子
くろば・あやこ
魔法大学二年。文弥の双子の姉。
四高を卒業時に、四葉家との関係は公表されている。

黒羽文弥
くろば・ふみや
魔法大学二年。亜夜子の双子の弟。
四高を卒業時に、四葉家との関係は公表されている。
一見中性的な女性にしか見えない美青年。

花菱兵庫
はなびし・ひょうご
四葉家に仕える青年執事。
序列第二位執事・花菱の息子。

七草香澄
さえぐさ・かすみ
魔法大学二年。
七草真由美の妹。泉美の双子の姉。
元気で快活な性格。

七草泉美
さえぐさ・いずみ
魔法大学二年。
七草真由美の妹。香澄の双子の妹。
大人しく穏やかな性格。

ロッキー・ディーン

FAIRの首領。見た目はイタリア系の優男で、
好戦的で残虐な一面を持つ。
恒星炉に使われる人造レリックを盗み出すよう
指示を出した張本人だが、目的はいまだ不明。

ローラ・シモン

ソーサラーやウィッチに分類される能力を持つ
北アフリカ系の美女。
ロッキー・ディーンの側近兼愛人。

呉内杏

くれない・あんず

進人類戦線の現リーダー。
特殊な異能の持ち主。

深見快宥

ふかみ・やすひろ

進人類フロントのサブリーダー。

Glossary
用語解説

魔法科高校
国立魔法大学付属高校の通称。全国に九校設置されている。
この内、第一から第三までが一学年定員二百名で
一科・二科制度を採っている。

ブルーム、ウィード
第一高校における一科生、二科生の格差を表す隠語。
一科生の制服の左胸には八枚花弁のエンブレムが
刺繍されているが、二科生の制服にはこれが無い。

一科生のエンブレム

CAD〔シー・エー・ディー〕
魔法発動を簡略化させるデバイス。
内部には魔法のプログラムが記録されている。
特化型、汎用型などタイプ・形状は様々。

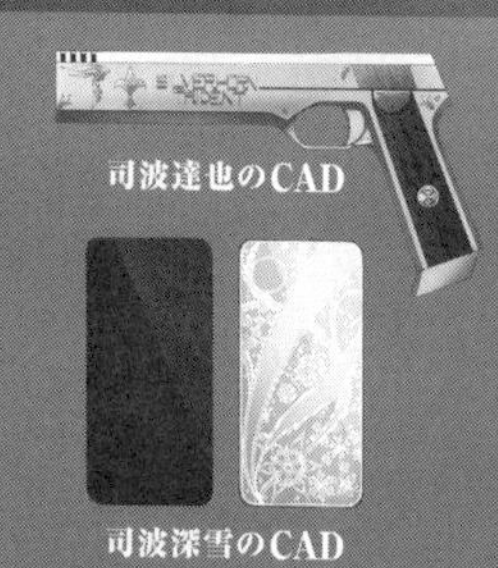
司波達也のCAD

司波深雪のCAD

フォア・リーブス・テクノロジー〔FLT〕
国内CADメーカーの一つ。
元々完成品よりも魔法工学部品で有名だったが、
シルバー・モデルの開発により
一躍CADメーカーとしての知名度が増した。

トーラス・シルバー
僅か一年の間に特化型CADのソフトウェアを
十年は進歩させたと称えられる天才技術者。

エイドス〔個別情報体〕
元々はギリシア哲学用語。現代魔法学において
エイドスとは、事象に付随する情報体のことで、
「世界」にその「事象」が存在することの記録で、
「事象」が「世界」に記す足跡とも言える。
現代魔法学における「魔法」の定義は、エイドスを改変することによって、
その本体である「事象」を改変する技術とされている。

イデア〔情報体次元〕
元々はギリシア哲学用語。現代魔法学においてイデアとは、エイドスが記録されるプラットフォームのこと。
魔法の一次的形態は、このイデアというプラットフォームに魔法式を出力して、
そこに記録されているエイドスを書き換える技術である。

起動式
魔法の設計図であり、魔法を構築するためのプログラム。
CADには起動式のデータが圧縮保存されており、
魔法師から流し込まれたサイオン波を展開したデータに従って信号化し、魔法師に返す。

サイオン（想子）
心霊現象の次元に属する非物質粒子で、認識や思考結果を記録する情報素子のこと。
現代魔法の理論的基盤であるエイドス、現代魔法の根幹を支える技術である起動式や魔法式は
サイオンで構築された情報体である。

プシオン（霊子）
心霊現象の次元に属する非物質粒子で、その存在は確認されているがその正体、その機能については
未だ解明されていない。一般的な魔法師は、活性化したプシオンを「感じる」ことができるにとどまる。

魔法師
『魔法技能師』の略語。魔法技能師とは、実用レベルで魔法を行使するスキルを持つ者の総称。

魔法式
事象に付随する情報を一時的に改変する為の情報体。魔法師が保有するサイオンで構築されている。

魔法演算領域

魔法式を構築する精神領域。魔法という才能の、いわば本体。魔法師の無意識領域に存在し、魔法師は通常、魔法演算領域を意識して使うことは出来ても、そこで行われている処理のプロセスを意識することは出来ない。魔法演算領域は、魔法師自身にとってもブラックボックスと言える。

魔法式の出力プロセス

❶起動式をCADから受信する。これを「起動式の読込」という。
❷起動式に変数を追加して魔法演算領域に送る。
❸起動式と変数から魔法式を構築する。
❹構築した魔法式を、無意識領域の最上層にして意識領域の最下層たる「ルート」に転送、意識と無意識の狭間に存在する「ゲート」から、イデアへ出力する。
❺イデアに出力された魔法式は、指定された座標のエイドスに干渉しこれを書き換える。

単一系統・単一工程の魔法で、この五段階のプロセスを半秒以内で完了させることが、「実用レベル」の魔法師としての目安になる。

魔法の評価基準(魔法力)

サイオン情報体を構築する速さが魔法の処理能力であり、構築できる情報体の規模が魔法のキャパシティであり、魔法式がエイドスを書き換える強さが干渉力、この三つを総合して魔法力と呼ばれる。

基本コード仮説

「加速」「加重」「移動」「振動」「収束」「発散」「吸収」「放出」の四系統八種にそれぞれ対応したプラスとマイナス、合計十六種類の基本となる魔法式が存在していて、この十六種類を組み合わせることで全ての系統魔法を構築することができるという理論。

系統魔法

四系統八種に属する魔法のこと。

系統外魔法

物質的な現象ではなく精神的な現象を操作する魔法の総称。

心霊存在を使役する神霊魔法・精霊魔法から読心、幽体分離、意識操作まで多種にわたる。

十師族

日本で最強の魔法師集団。一条(いちじょう)、一之倉(いちのくら)、一色(いっしき)、二木(ふたつぎ)、二階堂(にかいどう)、二瓶(にへい)、三矢(みつや)、三日月(みかづき)、四葉(よつば)、五輪(いつわ)、五頭(ごとう)、五味(いつみ)、六塚(むつづか)、六角(ろっかく)、六郷(ろくごう)、六本木(ろっぽんぎ)、七草(さえぐさ)、七宝(しっぽう)、七夕(たなばた)、七瀬(ななせ)、八代(やつしろ)、八朔(はっさく)、八幡(はちまん)、九島(くどう)、九鬼(くき)、九頭見(くずみ)、十文字(じゅうもんじ)、十山(とおやま)の二十八の家系から四年に一度の「十師族選定会議」で選ばれた十の家系が『十師族』を名乗る。

数字付き

十師族の苗字に一から十までの数字が入っているように、百家の中でも本流とされている家系の苗字には"『千』代田"、"『五十』里"、"『千』葉"家の様に、十一以上の数字が入っている。

数値の大小が力の強弱を表すものではないが、苗字に数字が入っているかどうかは、血筋が大きく物を言う、魔法師の力量を推測する一つの目安となる。

数字落ち

エクストラ・ナンバーズ、略して「エクストラ」とも呼ばれる、「数字」を剥奪された魔法師の一族。

かつて、魔法師が兵器であり実験体サンプルであった頃、「成功例」としてナンバーを与えられた魔法師が、「成功例」に相応しい成果を上げられなかった為に捺された烙印。

様々な魔法

●コキュートス

精神を凍結させる系統外魔法。凍結した精神は肉体に死を命じることも出来ず、
この魔法を掛けられた相手は、精神の「静止」に伴い肉体も停止・硬直してしまう。
精神と肉体の相互作用により、肉体の部分的な結晶化が観測されることもある。

●地鳴り

独立情報体「精霊」を媒体として地面を振動させる古式魔法。

●術式解散〔グラム・ディスパージョン〕

魔法の本体である魔法式を、意味の有る構造を持たないサイオン粒子群に分解する魔法。
魔法式は事象に付随する情報体に作用するという性質上、その情報構造が露出していなければならず、
魔法式そのものに対する干渉を防ぐ手立ては無い。

●術式解体〔グラム・デモリッション〕

圧縮したサイオン粒子の塊をイデアを経由せずに対象物へ直接ぶつけて爆発させ、そこに付け加えられた
起動式や魔法式などの、魔法を記録したサイオン情報体を吹き飛ばしてしまう無系統魔法。
魔法といっても、事象改変の為の魔法式としての構造を持たないサイオンの砲弾であるため情報強化や
領域干渉には影響されない。また、砲弾自体の持つ圧力がキャスト・ジャミングの影響も撥ね返してしまう。
物理的な作用が皆無である故に、どんな障碍物でも防ぐことは出来ない。

●地雷原

土、岩、砂、コンクリートなど、材質は問わず、
とにかく「地面」という概念を有する固体に強い振動を与える魔法。

●地割れ

独立情報体「精霊」を媒体として地面を線上に押し潰し、
一見地面を引き裂いたかのような外観を作り出す魔法。

●ドライ・ブリザード

空気中の二酸化炭素を集め、ドライアイスの粒子を作り出し、
凍結過程で余った熱エネルギーを運動エネルギーに変換してドライアイス粒子を高速で飛ばす魔法。

●這い寄る雷蛇〔スリザリン・サンダース〕

『ドライ・ブリザード』のドライアイス気化によって水蒸気を凝結させ、気化した二酸化炭素を
溶け込ませた導電性の高い霧を作り出した上で、振動系魔法と放出系魔法で摩擦電気を発生させる。
そして、炭酸ガスが溶け込んだ霧や水滴を導線として敵に電撃を浴びせるコンビネーション魔法。

●ニブルヘイム

振動減速系広域魔法。大容積の空気を冷却し、
それを移動させることで広い範囲を凍結させる。
端的に言えば、超大型の冷凍庫を作り出すようなものである。
発動時に生じる白い霧は空中で凍結した氷や
ドライアイスの粒子だが、レベルを上げると凝結した
液体窒素の霧が混じることもある。

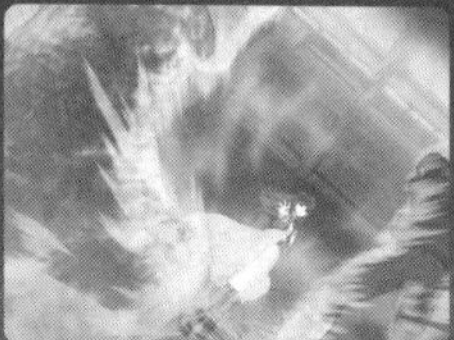

●爆裂

対象物内部の液体を気化させる発散系魔法。
生物ならば体液が気化して身体が破裂、
内燃機関動力の機械ならば燃料が気化して爆散する。
燃料電池でも結果は同じで、可燃性の燃料を搭載していなくても、
バッテリー液や油圧液や冷却液や潤滑液など、およそ液体を搭載していない機械は存在しないため、
『爆裂』が発動すればほぼあらゆる機械が破壊され停止する。

●乱れ髪

角度を指定して風向きを変えて行くのではなく、「もつれさせる」という曖昧な結果をもたらす
気流操作により、地面すれすれの気流を起こして相手の足に草を絡みつかせる古式魔法。
ある程度丈の高い草が生えている野原でのみ使用可能。

魔法剣

魔法による戦闘方法には魔法それ自体を武器にする戦い方の他に、
魔法で武器を強化・操作する技法がある。
銃や弓矢などの飛び道具と組み合わせる術式が多数派だが、
日本では剣技と魔法を組み合わせて戦う「剣術」も発達しており、
現代魔法と古式魔法の双方に魔法剣とも言うべき専用の魔法が編み出されている。

1. 高周波(こうしゅうは)ブレード

刀身を高速振動させ、接触物の分子結合力を超えた振動を伝播させることで
固体を局所的に液状化して切断する魔法。刀身の自壊を防止する術式とワンセットで使用される。

2. 圧斬り(へしきり)

刃先に斬撃方向に対して左右垂直方向の斥力を発生させ、
刃が接触した物体を押し開くように割断する魔法。
斥力場の幅は1ミリ未満の小さなものだが光に干渉する程の強度がある為、
正面から見ると刃先が黒い線になる。

3. ドウジ斬り(童子斬り)

源氏の秘剣として伝承されていた古式魔法。二本の刃を遠隔操作し、
手に持つ刀と合わせて三本の刀で相手を取り囲むようにして同時に切りつける魔法剣技。
本来の意味である「同時斬り」を「童子斬り」の名に隠していた。

4. 斬鉄(ざんてつ)

千葉一門の秘剣。刀を鋼と鉄の塊ではなく、「刀」という単一概念の存在として定義し、
魔法式で設定した斬撃線に沿って動かす移動系統魔法。
単一概念存在と定義された「刀」はあたかも単分子結晶の刃の様に、
折れることも曲がることも欠けることもなく、斬撃線に沿ってあらゆる物体を切り裂く。

5. 迅雷斬鉄(じんらいざんてつ)

専用の武装デバイス「雷丸(いかづちまる)」を用いた「斬鉄」の発展形。
刀と剣士を一つの集合概念として定義することで
接敵から斬撃までの一連の動作が一切の狂い無く高速実行される。

6. 山津波(やまつなみ)

全長180センチの長大な専用武器「大蛇丸(おろちまる)」を用いた千葉一門の秘剣。
自分と刀に掛かる慣性を極小化して敵に高速接近し、
インパクトの瞬間、消していた慣性を上乗せして刀身の慣性を増幅し対象物に叩きつける。
この偽りの慣性質量は助走が長ければ長いほど増大し、最大で十トンに及ぶ。

7. 薄羽蜻蛉(うすばかげろう)

カーボンナノチューブを織って作られた厚さ五ナノメートルの極薄シートを
硬化魔法で完全平面に固定して刃とする魔法。
薄羽蜻蛉で作られた刀身はどんな刀剣、どんな剃刀よりも鋭い切れ味を持つが、
刃を動かす為のサポートが術式に含まれていないので、術者は刀の操作技術と腕力を要求される。

魔法技能師開発研究所

西暦2030年代、第三次世界大戦前に緊迫化する国際情勢に対応して日本政府が次々に設立した魔法師開発の為の研究所。その目的は魔法の開発ではなくあくまでも魔法師の開発であり、目的とする魔法に最適な魔法師を生み出す為の遺伝子操作を含めて研究されていた。

魔法技師開発研究所は第一から第十までの10ヶ所設立され、現在も5ヶ所が稼働中である。

各研究所の詳細は以下のとおり。

魔法技能師開発第一研究所

2031年、金沢市に設立。現在は閉鎖。

テーマは対人戦闘を想定した生体に直接干渉する魔法の開発。気化魔法『爆裂』はその派生形態。ただし人体の動きを操作する魔法はパペット・テロ(操り人形化した人間によるカミカゼテロ)を誘発するものとして禁止されていた。

魔法技能師開発第二研究所

2031年、淡路島に設立。稼働中。

第一研のテーマと対をなす魔法として、無機物に干渉する魔法、特に酸化還元反応に関わる吸収系魔法を開発。

魔法技能師開発第三研究所

2032年、厚木市に設立。稼働中。

単独で様々な状況に対応できる魔法師の開発を目的としてマルチキャストの研究を推進。特に、同時発動、連続発動が可能な魔法数の限界を実験し、多数の魔法を同時発動可能な魔法師を開発。

魔法技能師開発第四研究所

詳細は不明。場所は旧東京都と旧山梨県の県境付近と推定。設立は2033年と推定。現在は封鎖されたこととなっているが、これも実態は不明。旧第四研のみ政府とは別に、国に対し強い影響力を持つスポンサーにより設立され、現在は国から独立しそのスポンサーの支援下で運営されているとの噂がある。またそのスポンサーにより2020年代以前から事実上運営が始まっていたとも噂されている。

精神干渉魔法を利用して、魔法師の無意識領域に存在する魔法という名の異能の源泉、魔法演算領域そのものの強化を目指していたとされている。

魔法技能師開発第五研究所

2035年、四国の宇和島市に設立。稼働中。

物質の形状に干渉する魔法を研究。技術的難度が低い流体制御が主流となるが、固体の形状干渉にも成功している。その成果がUSNAと共同開発した『バハムート』。流動干渉魔法『アビス』と合わせ、二つの戦略級魔法を開発した魔法研究機関として国際的に名を馳せている。

魔法技能師開発第六研究所

2035年、仙台市に設立。稼働中。

魔法による熱量制御を研究。第八研と並び基礎研究機関的な色彩が強く、その反面軍事的な色彩は薄い。ただ第四研を除く魔法技能師開発研究所の中で、最も多くの遺伝子操作実験が行われたと言われている(第四研については実態が不明)。

魔法技能師開発第七研究所

2036年、東京に設立。現在は閉鎖。

対集団戦闘を念頭に置いた魔法を開発。その成果が群体制御魔法。第六研が非軍事的色彩の強いものだった反動で、有事の首都防衛を兼ねた魔法師開発の研究施設として設立された。

魔法技能師開発第八研究所

2037年、北九州市に設立。稼働中。

魔法による重力、電磁力、強い相互作用、弱い相互作用の操作を研究。第六研以上に基礎研究機関的な色彩が強い。ただし、国防軍との結びつきは第六研と異なり強固。これは第八研の研究内容が核兵器の開発と容易に結びつくからであり、国防軍のお墨付きを得て核兵器開発疑惑を免れているという側面がある。

魔法技能師開発第九研究所

2037年、奈良市に設立。現在は閉鎖。

現代魔法と古式魔法の融合、古式魔法のノウハウを現代魔法に取り込むことで、ファジーな術式操作など現代魔法が苦手としている諸課題を解決しようとした。

魔法技能師開発第十研究所

2039年、東京に設立。現在は閉鎖。

第七研と同じく首都防衛の目的を兼ねて、大火力の攻撃に対する防御手段として空間に仮想構築物を生成する領域魔法を研究。その成果が多種多様な対物理障壁魔法。

また第十研は、第四研とは別の手段で魔法能力の引き上げを目指した。具体的には魔法演算領域そのものの強化ではなく、魔法演算領域を一時的にオーバークロックすることで必要に応じ強力な魔法を行使できる魔法師の開発に取り組んだ。ただしその成否は公開されていない。


これら10ヶ所の研究所以外にエレメンツ開発を目的とした研究所が2010年代から2020年代にかけて稼働していたが、現在は全て封鎖されている。

また国防軍には2002年に設立された陸軍総司令部直属の秘密研究機関があり独自に研究を続けている。九島烈は第九研に所属するまでこの研究機関で強化処置を受けていた。

戦略級魔法師

現代魔法は高度な科学技術の中で育まれてきたものである為、
軍事的に強力な魔法の開発が可能な国家は限られている。

その結果、大規模破壊兵器に匹敵する戦略級魔法を開発できたのは一握りの国家だった。

ただ開発した魔法を同盟国に供与することは行われており、
戦略級魔法に高い適性を示した同盟国の魔法師が戦略級魔法師として認められている例もある。

2095年4月段階で、国家により戦略級魔法に適性を認められ対外的に公表された魔法師は13名。

彼らは十三使徒と呼ばれ、世界の軍事バランスの重要ファクターと見なされていた。

2100年時点で、各国公認の戦略級魔法師は以下の通り。

USNA

■アンジー・シリウス：「ヘビィ・メタル・バースト」
■エリオット・ミラー：「リヴァイアサン」
■ローラン・バルト：「リヴァイアサン」
※この中でスターズに所属するのはアンジー・シリウスのみであり、
エリオット・ミラーはアラスカ基地、ローラン・バルトは国外のジブラルタル基地から
基本的に動くことはない。

新ソビエト連邦

■イーゴリ・アンドレイビッチ・ベゾブラゾフ：「トゥマーン・ボンバ」
※2097年に死亡が推定されているが新ソ連はこれを否定している。
■レオニード・コンドラチェンコ：「シムリャー・アールミヤ」
※コンドラチェンコは高齢の為、黒海基地から基本的に動くことはない。

大亜細亜連合

■劉麗蕾（りうりーれい）：「霹靂塔」
※劉雲徳は2095年10月31日の対日戦闘で戦死している。

インド・ペルシア連邦

■バラット・チャンドラ・カーン：「アグニ・ダウンバースト」

日本

■五輪 澪（いつわみお）：「深淵（アビス）」
■一条将輝：「海爆（オーシャン・ブラスト）」
※2097年に政府により戦略級魔法師と認定。

ブラジル

■ミゲル・ディアス：「シンクロライナー・フュージョン」
※魔法式はUSNAより供与されたもの。2097年以降、消息を絶っているが、ブラジルはこれを否定。

イギリス

■ウィリアム・マクロード：「オゾンサークル」

ドイツ

■カーラ・シュミット：「オゾンサークル」
※オゾンサークルはオゾンホール対策として分裂前のEUで共同研究された魔法を原型としており、
イギリスで完成した魔法式が協定により旧EU諸国に公開された。

トルコ

■アリ・シャーヒーン：「バハムート」
※魔法式はUSNAと日本の共同で開発されたものであり、日本主導で供与された。

タイ

■ソム・チャイ・ブンナーク：「アグニ・ダウンバースト」
※魔法式はインド・ペルシアより供与されたもの。

スターズとは

USNA軍統合参謀本部直属の魔法師部隊。十二の部隊があり、
隊員は星の明るさに応じて階級分けされている。
部隊の隊長はそれぞれ一等星の名前を与えられている。

●スターズの組織体系

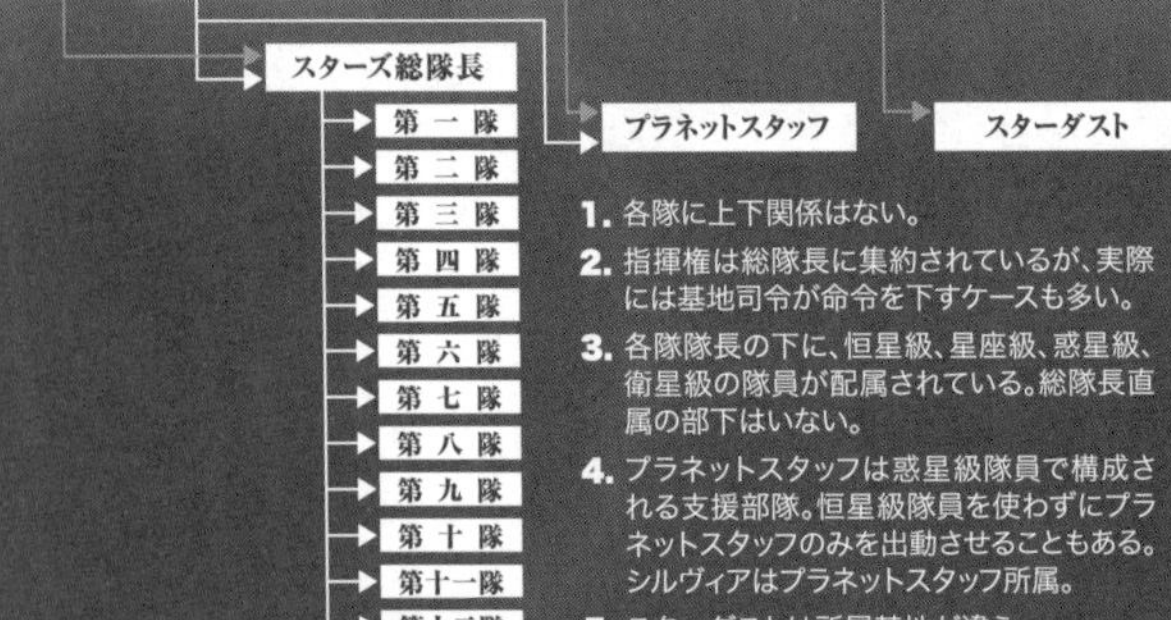

1. 各隊に上下関係はない。
2. 指揮権は総隊長に集約されているが、実際には基地司令が命令を下すケースも多い。
3. 各隊隊長の下に、恒星級、星座級、惑星級、衛星級の隊員が配属されている。総隊長直属の部下はいない。
4. プラネットスタッフは惑星級隊員で構成される支援部隊。恒星級隊員を使わずにプラネットスタッフのみを出動させることもある。シルヴィアはプラネットスタッフ所属。
5. スターダストは所属基地が違う。

総隊長アンジー・シリウスの暗殺を企てた隊員たち

• アレクサンダー・アークトゥルス
第三隊隊長 大尉 北アメリカ大陸先住民のシャーマンの血を色濃く受け継いでいる。
レグルスと共に叛乱の首謀者とされる。

• ジェイコブ・レグルス
第三隊 一等星級隊員 中尉 ライフルに似た武装デバイスで放つ
高エネルギー赤外線レーザー弾『レーザースナイピング』を得意とする。

• シャルロット・ベガ
第四隊隊長 大尉 リーナより十歳以上年上であるが、階級で劣っていることに不満を懐いている。
リーナとは折り合いが悪い。

• ゾーイ・スピカ
第四隊 一等星級隊員 中尉 東洋系の血を引く女性。『分子ディバイダー』の
変形版ともいえる細く尖った力場を投擲する『分子ディバイダー・ジャベリン』の使い手。

• レイラ・デネブ
第四隊 一等星級隊員 少尉 北欧系の長身でグラマラスな女性。
ナイフと拳銃のコンビネーション攻撃を得意とする。

メイジアン・カンパニー

魔法資質保有者(メイジアン)の人権自衛を目的とする国際互助組織であるメイジアン・ソサエティの目的を実現するための具体的な活動を行う一般社団法人。2100年4月26日に設立。本拠地は日本の町田にあり、理事長を司波深雪、専務理事を司波達也が務める。

国際組織として、魔法協会が既設されているが、魔法協会は実用的なレベルの魔法師の保護が主目的になっているのに対し、メイジアン・カンパニーは軍事的に有用であるか否かに拘わらず魔法資質を持つ人間が、社会で活躍できる道を拓く為の非営利法人である。具体的にはメイジアンとしての実践的な知識が学べる魔法師の非軍事的職業訓練事業、学んだことを実際に使う職を紹介する非軍事的職業紹介事業を展開を予定。

FEHR －フェール－

『Fighters for the Evolution of Human Race』(人類の進化を守る為に戦う者たち)の頭文字を取った名称の政治結社。2095年12月、『人間主義者』の過激化に対抗して設立された。本部をバンクーバーに置き、代表者のレナ・フェールは『聖女』の異名を持つカリスマ的存在。結社の目的はメイジアン・ソサエティと同様に反魔法主義・魔法師排斥運動から魔法師を保護すること。

リアクティブ・アーマー

旧第十研から追放された数字落ち『十神』の魔法。個体装甲魔法で、破られると同時に『その原因となった攻撃と同種の力』に対する抵抗力が付与されて再構築される。

FAIR －フェール－

表向きはFEHRと同じく、USNAで活動する反魔法主義者から同胞を守るための団体。

しかし、その実態は魔法を使えない人間を見下し、自分たちの権利のためには暴力を厭わない、魔法至上主義の過激派集団。

秘匿されている正式名称は『Fighters Against Inferior Race』。

進人類戦線

もともとFEHRのリーダーであるレナ・フェールに感銘を受けた日本人が作った反魔法主義から魔法師を守ることを目的としている団体。

暴力に訴えることを否定したFEHRに反して、政治や法が魔法師迫害を止めてくれないのであれば、ある程度の違法行為は必要と考え行動している。

結成時のリーダーが決行した示威行為が原因で、一度解散へと追い込まれたが、非合法化組織として再結集した。

新人類でなく進人類なのは、「魔法師は単に新世代の人類なのではなく、進化した人類である」という自意識を反映したものである。

レリック

魔法的な性質を持つオーパーツの総称。それぞれ固有の性質を持ち、長らく現代技術でも再現が困難であるされていた。世界各地で出土しており、魔法の発動を阻害する『アンティナイト』や魔法式保存の性質を持つ『瓊勾玉』などその種類は多数存在する。

『瓊勾玉』の解析を通し、魔法式保存の性質を持つレリックの複製は成功。人造レリック『マジストア』は恒星炉を動かすシステムの中核をなしている。

人造レリック作成に成功した現在でも、レリックについては未だに解明されていないことが多く存在し、国防軍や国立魔法大学を中心に研究が進められている。

世界の寒冷化を直接の契機とする第三次世界大戦、二〇年世界群発戦争により世界の地図は大きく塗り替えられた。現在の状況は以下のとおり。

USAはカナダ及びメキシコからパナマまでの諸国を併合してきたアメリカ大陸合衆国（USNA）を形成。

ロシアはウクライナ、ベラルーシを再吸収して新ソビエト連邦（新ソ連）を形成。

中国はビルマ北部、ベトナム北部、ラオス北部、朝鮮半島を征服して大亜細亜連合（大亜連合）を形成。

インドとイランは中央アジア諸国（トルクメニスタン、ウズベキスタン、タジキスタン、アフガニスタン）及び南アジア諸国（パキスタン、ネパール、ブータン、バングラデシュ、スリランカ）を呑み込んでインド・ペルシア連邦を形成。

個人が国家に対抗するという偉業を司波達也が成し遂げたため 2100 年に IPU とイギリスの商人の下、スリランカは独立。独立とともに魔法師国際互助組織メイジアン・ソサエティの本部が創設されている。

他のアジア・アラブ諸国は地域ごとに軍事同盟を締結し新ソ連、大亜連合、インド・ペルシアの三大国に対抗。

オーストラリアは事実上の鎖国を選択。

EUは統合に失敗し、ドイツとフランスを境に東西分裂。東西EUも統合国家の形成に至らず、結合は戦前よりむしろ弱体化している。

アフリカは諸国の半分が国家ごと消滅し、生き残った国家も辛うじて都市周辺の支配権を維持している状態となっている。

南アメリカはブラジルを除き地方政府レベルの小国分立状態に陥っている。

［1］遺跡

魔法師の人権保護を目的とする政治結社、ＦＥＨＲ。その本拠地はＵＳＮＡ旧カナダ領バンクーバーにある。

西暦二一〇〇年六月上旬。そのＦＥＨＲ本部に静かな動揺が走った。騒動にならなかった理由はリーダーのレナ・フェールが騒がないよう命じたからだ。強い求心力を持つ彼女の指示が無ければ、大騒ぎになっていたに違いない。

「……ルイ、本当に大丈夫ですか？」

しかしレナ自身は平静な精神状態を保っていたわけではない。負傷した部下に問い掛ける彼女の顔には、彼を危険に曝した後悔と怪我の状態に対する憂い、そして動揺が表れていた。

「大丈夫です。ご心配をお掛けしました」

彼女の前に座る中肉中背の黒人男性が恐縮した態で頭を下げる。その姿勢や動作、口調から判断する限りでは、本人が言うとおり懸念すべきことは無いように思われた。

「…………」

しかしサマースーツの袖口からのぞいている包帯がその印象を否定する。スーツに隠れた身体の各所が包帯や絆創膏で覆われている事実を知っていればなおさら「大丈夫」というセリフを額面どおりには受け取れない。

「ミレディ、私は本当に大丈夫です。深刻な負傷は一つもありません」

「レナ、ルイは嘘を吐いていませんよ。掠り傷ばかりとは言えませんが、全治に二週間以上を要する怪我はありません」

同席しているシャーロット・ギャグノンの口添えで、レナの表情はようやく少し和らいだ。元FBI捜査官で弁護士資格を持つシャーロットは法律面のアドバイザーを務めているだけでなく、FEHR内におけるレナの精神的な支柱でもある。彼女の言葉には、レナの動揺を緩和する効果があった。

多少なりともレナの憂色が晴れたのを見て、向かい合う黒人男性の肩からも力が抜けた。この男性はFEHRのサブリーダー、ルイ・ルー。今年三十歳になった元アフリカ系フランス人で、十八歳の時にUSNAに帰化。二〇九五年、FEHRを共に結成した、レナの最も古い同志の一人だ。

ルイとレナは同い年だが、レナの外見がせいぜいハイティーンにしか見えないこともあってルイは彼女に年下の女の子に対して懐くような、「守ってやらなければ」という一種の義務感を持っている。自分が怪我をしたことでレナが心を痛めるのはルイの望むところではなかった。

もっともレナは、完全に愁眉を開いたとは言えなかった。

「……でも、その怪我はFAIRとの交戦で負ったものでしょう？　私が監視を命じたりしたから……」

「必然性の無い交戦でした。彼らに見付かったのは私がドジを踏んだからです。それに、監視は必要なものでした」

この言葉でようやく、レナの意識がルイの怪我から逸れる。

「……FAIRは何をしていたのですか？」

先月下旬、レナはFAIRがシャスタ山に調査隊を派遣したという情報を掴んだ。レナがその監視をルイに命じたのは、FAIRが法に触れる真似をして魔法師の評判を貶めるリスクを恐れたからだ。違法行為の事実を掴んだ場合、「それはFAIRという一組織の犯罪でしかない」と明らかにすることで魔法師一般に対する中傷の材料を反魔法主義者に与えない。それがレナの立てた方針だった。

「やはり何か法に触れることを……？」

レナに問われてルイは曖昧に、首を横に振った。

「犯罪はまだ確認できませんでした」

「まだ？」

「今のところはシャスタ山の山腹を歩き回っているだけです。しかし近い将来、盗掘を始めるでしょう」

「盗掘？　遺跡が発見されたのですか？」

レナの問い掛けにルイは深刻な表情で、今度は首を縦に振る。

「はい、おそらく。公(おおやけ)になれば、連邦法によって保護対象に指定されるのは間違いないというレベルのものが」

ルイの答えにレナは眉を顰(ひそ)め、無言で話を聞いていたシャーロットは顔を顰(しか)めた。

「……たとえ立件されなくても、非難の的になるでしょうね」

「マスコミや反魔法主義者にとっては、格好の攻撃材料になりますね」

レナとシャーロットが同時にため息を吐く。

「……遺跡の存在を州政府に伝えて事前に規制させてはどうでしょう？」

レナが対策を提案するが、ルイの反応は芳(かんば)しくなかった。

「難しいでしょうね。遺跡の物的証拠はありませんから……」

「物的証拠が無い？　透視による発見ですか？」

レナの質問にルイが頷(うなず)く。

「ローラ・シモンの魔女術(ウイッチクラフト)で地下の石室を発見したと、ＦＡＩＲ(フェア)のメンバーは話していました」

「ローラ・シモン……。ＦＡＩＲ(フェア)の首領、ロッキー・ディーンの右腕と言われている女性ですね」

「ええ。愛人という噂(うわさ)もあります」

レナの呟(つぶや)きに答えたのはシャーロットだ。

「愛人」という単語にレナが目を泳がせる。外見に引きずられているというわけでもないだろうが、彼女は年齢に似合わない潔癖な質であるようだ。

「……ところで、その石室には一体何が眠っているのでしょうか？」

レナが話題を変える。

話を逸らした、とは言えないだろう。この場合、こちらの方が愛人云々よりも重要なテーマだ。

「残念ですが、そこまでは……」

しかしルイから返ってきたのは、歯切れの悪い答えだった。

「彼らの元々の狙いはミレディの推測どおりレリックの入手にあったようですが、ローラ・シモンは発見した石室をレリックより価値が高いと考えているようでした」

「レリックを超える価値を持つ遺跡ですか。その価値は、金銭的なものなどではないのでしょうね……」

「魔法的な価値を有する遺跡だと思います」

レナが口にしなかったフレーズをシャーロットが補った。

もっとも、それがどのような価値なのか分からないという点についてはシャーロットもレナやルイと同じだ。

「レナ、どうします？　放置するわけにはいかないと思いますが」

「確かに放置してはまずいと思いますが……」

　シャーロットの問い掛けにレナが迷いを露わにする。

「警戒の厳しさはルイが少なくない手傷を負わせられる程です。探りを入れただけでFAIRの暴発を招く……。そんなリスクがありませんか？」

　レナが示した懸念に、ルイとシャーロットは揃って黙り込んだ。もしかしたら二人とも、レナの指摘を受ける前からその可能性を考えていたのかもしれない。

「……とはいえ何もしないでいるのも危険ですね」

　レナの口調が一転して歯切れの良いものになったのは、沈黙によって生じた気まずい空気を消し去る為だったに違いない。

「そうですね。そう思います」

　思いは同じだったのか、ルイは性急とも感じられる素早さで相槌を打った。

「しかし、具体的には？　遠隔視は相手に気付かれる恐れがありますよ」

　FEHRには遠隔視能力者のメンバーがいる。魔法師ではなくサイキックだ。距離や障碍物に妨げられずターゲットを視認する五感外知覚力の持ち主だが、その能力にはもちろん条件と制限がある。

　この場合ネックとなるのは制限の方だ。監視対象が知覚系の異能力、所謂「超感覚」を備えていた場合は探っていることを察知されるだけでなく、こちら側の情報を逆に取られてしまう

恐れがある。「見ている者は見られている」という法則だ。

その為、遠隔視のターゲットに超感覚の持ち主が含まれる場合は長時間連続で観察するのは避け、また監視者は逆探知の可能性を考慮して味方の拠点を離れ一箇所に留まらず移動し続けるのが好ましい。

今回は特に敵と味方の双方から「魔女」と呼ばれるローラ・シモンが相手。FEHRが抱えている遠隔視能力者では、監視を気付かれるだけでなく「視線」を逆用されて魔法的に攻撃されるリスクを無視できない。

「――だからといって知らぬ顔はできません。FAIRの犯罪行為の所為で、反魔法主義者に魔法師迫害の口実を与えるような事態は阻止しなければならないのです」

思い詰めた表情でレナが強く言い切る。彼女の口調には悲壮感が漂っていた。

「私がもう一度行きましょうか？　幻影のみで接近すれば、今回のような不覚を取ることはないと思います」

ルイは『ドッペルゲンガー』と呼ばれる古い魔法の遣い手だ。『ドッペルゲンガー』は自分自身の姿を写した化成体を作り出し五感や幻術的な攻撃力を持たせる魔法。現代魔法の視点では無駄の多い術式だが、現代魔法に無い継続的な戦闘補助を真髄とする。

化成体が攻撃されても本体が直接傷を負うことは無いが、触覚を含む五感を持たせている為、攻撃を受ければ痛みを覚える。また、相手が精神干渉系魔法の遣い手である場合、化成体を介

して精神を攻撃される恐れはある。

「……ダメです。ローラ・シモンの能力は未知数ですが、『魔女』と呼ばれているからには幻術系の魔法に長けていると考えた方が良いでしょう。『ドッペルゲンガー』を使ったからといって、安全が確保できるとは限りません」

レナに止められて、ルイは反論しなかった。本人も相性が悪いということは分かっているようだ。

室内に沈黙の帳が降りる。

「――私立探偵を雇っては如何でしょう」

静寂を破ったのはシャーロットだった。

「シアトルに以前、懇意にしていた探偵事務所があります」

「FBI時代のお知り合いですか？」

「知り合いというより協力者ですね。腕は確かです」

「……そうですね」

レナが考え込んだ時間は、短かった。

「魔法師ではない専門家の方が魔法に頼らない監視手段を持っている分、この場合は安全かもしれません。シャーリィ、その探偵事務所に依頼を出してもらえますか」

「承知しました。早速交渉してみます」

「ええ、お願いします」

レナとシャーロットの間で話が纏(まと)まる。

ルイも、反対しなかった。

［2］謀

六月十五日、東京某所。場所も名前も明らかにされない会議室に、国防陸軍情報部の暗部を統括する副部長と各課の課長が集まっていた。

国防陸軍情報部秘密幹部会議。この会議は定期的なものでも公式のものでもない。陸軍情報部の幹部が、必要と認める事態に対応して招集される非公式の集まりだ。この会議の開催は、そういう非常事態が発生しているという情報部の認識を示している。

だが現在、国内において外国の武装勢力の侵入や国家転覆を目論む破壊工作の進行は観測されていない。過去の例に比べれば、秘密幹部会議の招集には相応しからぬ些細な問題への対応を話し合う為に彼らは集まっていた。

「皆も知っていると思うが、改めて状況を整理しておく」

口火を切ったのはこの会議の主催者、陸軍情報部の公表されることのない副部長・犬飼だ。

彼は去年まで防諜十課の課長だった。「十」課は防諜部門の十番目の課ではなく、陸軍情報部と密接な協力関係にある師補十八家・十山家の、直接のパートナーとなる部署を意味している。

なお十山家は十師族・十文字家と並ぶ旧第十研の成功例。ミサイルや機械化部隊を迎撃する目的で開発された十文字家に対し、十山家は防衛線を突破された後の重要施設防衛や要人

護衛を目的としている。その役目柄、国防軍中枢との関係は二十八家の中で最も強い。

「昨日、十師族・七草家の長女がUSNA大使館にビザを申請した。目的は旧カナダ領・バンクーバーの政治団体訪問。同行者はメイジアン・カンパニー従業員の遠上遼介。この者の実家は旧第十研の数字落ちだ」

　質問の声は無かった。犬飼が言ったように、これは既に共有済みの情報だ。

「知ってのとおり、民間人の海外渡航を禁じる法令は無い。しかし魔法師の海外渡航は国防の観点から潜在的に多くの問題をはらんでいるが故に、魔法師には出国を自粛してもらってきた」

　ロの字に並べられた机の各所から賛同の声が上がる。

「だが今回、これまでの慣例を嘲笑うが如く七草家の長女と遠上遼介は堂々と渡米を企てている。政府にも軍にも一切相談せずに、だ」

「その魔法師が七草家の直系であるという点がまた厄介ですね」

　この発言は犬飼が裏の副部長に繰り上がったことによって防諜十課の課長になった、犬飼の元直属の部下のもの。

「まさしく、それが問題だ」

　犬飼が大きく頷く。十課新任課長の発言は、元直属上司の意を酌んだものだった。

「十師族の中でも七草家は、これまで政府にも国防軍にも特に協力的なスタンスを取ってき

た。時として魔法師の利害よりも政府の利害を優先する程に。その七草家の長女が、あの四葉家と手を組んで政府の方針に逆らっている。このままでは、由々しき事態に発展しかねない」

「この件の背後に控えているのは、四葉家だけでしょうか？」

犬飼のセリフに質問を挿んだのは、陸軍情報部第一課の恩田課長。去年まで犬飼と恩田は同格の課長だった。年も近く、ライバルだったと言って良い。犬飼の副部長昇進に伴い、恩田は特務一課から第一課に異動した。形式的には犬飼に先を越された格好だが、「裏」の副部長がその通称のとおり表舞台で活躍することが無いのに比べて、第一課は情報部を代表して陸軍参謀部や統合軍令部の参謀本部に出入りする機会が多い、情報部の中では「表」に最も近い部署だ。犬飼と恩田、本当はどちらが先を進んでいるのか微妙なところである。

その所為もあって、二人は少しギクシャクしている。去年までは対立するより協力することの方が多い、どちらかと言えば良好な関係だったのだが。

「では、恩田課長はどう考えている？」

犬飼は質問に質問で応えた。

「司波達也氏が設立したメイジアン・カンパニーの役員構成は代表理事・司波深雪、専務理事・司波達也、理事・東道理奈となっています。この東道理奈は元アメリカ人で、帰化前の氏名はアンジェリーナ・クドウ・シールズ。元十師族の重鎮、故九島烈元少将の姪孫（弟の孫）であることはご存じのことと思います」

「もちろん知っている。付け加えて言うなら、アンジェリーナ・クドウ・シールズがあのアンジー・シリウスである可能性が高いということも」

室内の空気が揺らぐ。犬飼が述べたことは、以前からこの会議のメンバーの共通認識となっていた。だがUSNAの国家公認戦略級魔法師が表面的にであれ日本に帰化しているというのは、情報部の幹部にとっても平然と聞き流すことが難しい可能性だった。

「USNAの『使徒』が国内に潜伏している――いえ、潜んではいませんか」

潜在的な脅威の存在を知りながら放置せざるを得ない現状に、恩田が小さく、自嘲気味に笑う。なお『使徒』というのは国家公認戦略級魔法師の通称だ。

「とにかく彼女がシリウスかもしれないというのは確かに見過ごせないリスクですが、私が申し上げたいのはそこではありません」

恩田がいったん言葉を切って水を飲む。

「それで？」

犬飼は性急に続きを促した。

「失礼。帰化に当たり、アンジェリーナ・シールズは東道青波閣下の養子になっています。副部長は東道閣下のことをご存じですよね？」

恩田の問い掛けに、犬飼は顔を顰めた。

「……『元老院』の有力者だ」

その声には「見逃していた」「迂闊だった」という動揺と、その事実を恩田に指摘された口惜しさが隠し切れず滲んでいた。

小さなざわめきが起こった。囁き交わされる声を聞けば、元老院について知らない者の方が多いと分かる。ここに集まっているのは陸軍情報部の課長以上なのだが、そんな彼らでさえ知らぬ者の方が多い。元老院はそれ程までに本物の、陰の存在だった。

「東道閣下の養女となった元アメリカ人を抱えるメイジアン・カンパニーが、従業員をUSNAに派遣する。それを東道閣下がご存じないとは思えません。そう考えれば四葉家や七草家が従来の慣行を軽んじる理由が理解できるのではないでしょうか」

犬飼からは、相槌も、反論も無かった。

恩田は犬飼の仏頂面にまるで怯む様子も無く、むしろ軽快な口調で続けた。

「四葉家や七草家の態度ではなく、元老院のご意向こそが本件の急所となる問題だと思われます。魔法師の渡米を許すのが元老院の総意なのか、それとも東道閣下ご個人のお考えなのか」

「それを確かめるのが先か」

恩田に目を向けられて、犬飼が渋々口を開いた。

「そうです」

恩田が満足げに頷き、さらに言葉を続ける。

「そして後者であった場合、元老院の中で東道閣下と違うご意見をお持ちの方々にお力添えを

お願いすべきと考えます」

「そうだな。恩田課長の意見はもっともだと思う」

犬飼は渋い顔のまま、それでも私情に判断を曲げる愚を犯さなかった。

「とはいえ我々のレベルでは、元老院の方々へのお目通りは適わない」

「防衛大臣のご出馬を願ってはどうでしょう」

この発言は恩田ではなく、別の課長によるもの。

「あの大臣では無理だ」

その提案を、犬飼はにべも無く却下した。現在の防衛大臣は与党内の論功行賞の結果決まった人物で、選挙に強いことだけが取り柄と言われていて制服組には不人気だった。

「それならば、西苑寺閣下のご出馬を仰いでは如何でしょう」

西苑寺は去年退役した元陸軍大将で、現役の頃は総司令官・蘇我大将に次ぐナンバー・ツーと見做されていた。政財界に対する影響力はむしろ西苑寺の方が上回っていると言われていたが、制服組の支持が高い蘇我に総司令官の地位を譲り、自らナンバー・ツーのポジションに着いたと当時は噂されていた人物だ。

「西苑寺閣下ならば私も適任だと思う。部長を通じてお願いしてみよう。他に何か、意見がある者は？」

犬飼が会議のテーブルに着いているメンバーを見回す。

「……副部長」

わずかな時間を置いて手を上げたのは、防諜十課の課長だ。

「仮に魔法師の渡米が元老院のご意向だとしても、それが十師族の一員である必要はないはずです。七草家の当主を呼び出して、娘の渡米を止めさせるべきではないでしょうか」

「フム……。恩田課長、どう思う」

「異存ありません。仮に渡米が元老院の総意だったとしても、メンバーの交代程度で目くじらを立てる方々ではないでしょう」

「そうだな」

恩田の回答に、犬飼は重々しく頷いた。

「その役目は防衛大臣にやってもらおう。大臣の椅子に座っているのだ。腰掛けでもその程度は役に立つだろう」

大物ぶった態度と物言いは、犬飼が威厳の面でまだ前任者の域に達していないことを示していた。

◇　◇　◇

陸軍情報部の動きは速かった。

秘密幹部会の翌日、六月十六日の午後。七草家当主・七草弘一は防衛省の大臣室に呼び出されていた。

大臣室の主、古沢はまだ四十代前半の若手政治家だ。爽やかなルックスと切れの良い弁舌で選挙民から絶大な支持を受けている。本人もその自覚と自負があるのだろう。古沢大臣は十歳近く年上の弘一を自信たっぷりの態度で迎え入れた。

「……そうは仰られましても、娘は移動を制限されるような犯罪は犯しておりませんが」

しかし、渡航自粛の要求に対して弘一が返した明確な拒絶に、古沢の余裕は剝がれ落ちてしまう。

「それとも娘に何か、重大な嫌疑がかかっていると仰るのですか？　国民に認められた権利である、移動の自由を制限する程の？」

地位ある者に対する礼儀で、弘一はサングラスを外している。

感情を映さない義眼と、義眼よりも冷たい光を湛えた肉眼が真正面から古沢に向けられた。

「い、いえ、決してその様なことではありません」

古沢の口調は自覚無しで謙ったものに変わっていた。

「しかし、魔法師が海外渡航を自粛するのは以前からの慣行で」

「防衛大臣閣下」

弘一の鋭い声が古沢のセリフを遮る。

「善良な国民には当然に認められる権利が、魔法師には認められないと仰るのですか？」

「……そんなことは、ありません」

弘一よりも古沢の方が立場は強い。

だがこの場合、建前は弘一の味方だった。

今この場所で弘一を従わせる為の手段として、法令に基づく権力は使えない。

「しかし魔法師の海外渡航には潜在的な問題が多く、魔法師の皆さんには進んで自粛していただいていたというこれまでの経緯が」

「大臣閣下」

再び弘一が古沢のセリフを遮る。

合法的なもの以外の権力で弘一を説得するには、古沢はまだ政治家として色々不足していた。

「潜在的な問題とは、具体的には何でしょうか？　娘が日本を裏切ってＵＳＮＡに亡命するとでもお考えですか？」

「そんなことは考えていません！」

「ああ、もしかして娘の身の安全を案じて下さっているのですか？　それでしたら大丈夫だと思いますよ。行き先は治安の良いＵＳＮＡ旧カナダ領です。同じＵＳＮＡでも旧メキシコ領のようなリスクはありません」

弘一が別人のように愛想の良い笑顔を古沢に向ける。

ただ彼の隻眼は、義眼と同じ無機的な光を宿していた。

その非人間的な眼光が古沢にプレッシャーを与え、彼を屈服させた。

閣僚と一民間人。社会的な立場の優劣は明確だ。

しかし生物としての強弱は社会的な地位とはまた、別物だった。

直接的な闘争に至らずそれを見誤らなかったという点では、古沢は生存能力に長けていると言えるのかもしれない。それは政治家として、重要な資質に違いなかった。

古沢防衛大臣が七草弘一相手に見せた醜態は陸軍情報部を大いに失望させた。そしてその巻き返しを図るべく、情報部の暗躍は加速する。
一方、情報部の標的となった側でも対抗する動きが活発化していた。

防衛大臣に呼び出された日の夜、弘一は都心の料亭を訪れた。ここはつい先日、達也と将輝、それに真由美が密談した店だ。真由美が呼び出されたのはつい先週のこと。そこへ自分が同じ相手に呼び出されるとは、と弘一は奇妙な縁を感じていた。

「お待ちしておりました」

案内された座敷の襖を弘一が開けると、そこには立ち上がっている達也が待っていた。丁寧に頭を下げる達也に弘一も一礼を返す。そして案内されるままに、上座に座った。

「お招きいただき、ありがとうございます。四葉殿」

そして弘一は、向かい側に着座した達也にそう話し掛ける。

「いえ、こちらこそお忙しい中を態々ありがとうございます」

達也は「四葉殿」という呼び掛けを眉一つ動かさずにスルーした。

弘一は心の中で「当てが外れた」と感じていたがそれを外には、表情にも素振りにも一切出さない。二人はどちらも「平然」の見本のような態度で向かい合った。

「まずはお詫びを」

そう切り出したのは達也だ。

「ご息女にお願いした仕事の件で、ご面倒をお掛けしたようですね」

「娘の面倒を見るのは親の務めですよ。それに大して手間でもありませんでしたから、どうかお気になさらず」

「寛大なお言葉、ありがとうございます」

達也が徳利を差し出し、弘一は猪口を手に取る。

弘一の返杯を達也が呑み干して、会話が再開される。

「正直申しまして意外でした」

達也のこのセリフに対して、弘一は「何が？」と訊ねなかった。

「私が防衛大臣に逆らったことが、ですか？」

これが何を話し合う席なのか、達也だけでなく弘一も正確に理解していた。

「はい。七草殿は政府との協調を重視されていると考えておりましたので、私の要請に頷いて下さる可能性は低いと考えていました」

実を言えば達也は渡米を阻止しようとする政府と軍の圧力に屈しないよう、事前に真由美を通じて弘一に依頼していたのだった。

「それは仰るとおりですが」

弘一が「フッ」と笑う。それは、苦笑というより作り笑いに近かった。

「盲従するつもりはありませんよ。時と場合と、相手によります」

「なる程。時と場合と、相手ですか」

頷く達也の表情に、白々しさは無かった。

「ちょうど良い機会だとも思いましたし」

ついでのように弘一が付け加える。

「と、仰いますと？」

達也が弘一に、相槌半分で訊ねた。

「以前から考えていたのですよ。そろそろ我々魔法師も、我慢するのを止めるべきではないか

と」

「我慢、ですか」

「そう、我慢です」

弘一は相変わらずポーカーフェイスだ。だがその口調に、微かな苦々しさが感じられた。

「司波さんは」

弘一が今度は達也のことを「四葉殿」ではなく「司波さん」と呼ぶ。

「メイジアンには自立できる経済基盤が無いが故にマジョリティとの共存が不可欠だ、という お考えでしたね？」

それは、少なくともこの場に限っては達也のことを四葉家の一員ではなく司波達也という個人として見ている、という表明だったのかもしれない。

「仰るとおりです」

「その考え方自体は正しいと思います。ただ、様々な『自粛』の強制がメイジアンから自立の力を奪っている面を見逃してはならないでしょう」

達也はもう一度「仰るとおりです」と相槌の言葉を繰り返した。

「近代以降の社会は分業によって豊かになっていきました」

「古典的な経済思想ですね。アダム・スミスですか」

「古典は侮れないものですよ」

弘一が失笑を漏らす。そこに嫌みは無かった。

「我々が魔法技能を提供し、その対価として金品を受け取る。これだって紛れもなく分業です。そして分業は交流の範囲が広がる程、進展していきます」

「経済学には詳しくありませんが、理解できます」

謙遜ではない。達也が経済学に詳しくないのは完全な事実だし、今弘一が言ったことは特に専門的な学習をしなくても少し考えれば理解できる道理だ。

「地理的な広がりが経済的な規模を保証するものではないと思いますが、大きな要素であることは間違いないでしょう」

そして経済学を専門的に学ばなくても世の中の動きを見ていれば、この程度の理屈は言えるようになる。

弘一は達也のセリフに頷き、意味ありげに声のトーンを下げた。

「私が思うに、魔法師を国内に押し込めておく動機は遺伝子の流出を恐れるばかりではないのですよ」

「政府への依存を強める為だと？」

「邪推ではないと思います」

弘一は自信ありげに言い切った。もしかしたら何らかの手段で非公開の情報を入手しているのかもしれない。

「海外進出が経済的自立の突破口になるとお考えなのですね？」

「そう考えていました。魔法に限らず、国外には我々がこれまではアクセスできなかった市場があります。ですから今回、司波さんが娘にＵＳＮＡ出張を命じてくださったのは良い機会だと思っているのですよ」

「思い掛けない利害の一致でした」

「ええ。共通する利害の為なら、我々は協力できる。そうではありませんか？」

「そうですね」

弘一の問い掛けに、達也は迷わず頷いた。

「ただ誤解の無いように申し上げておきますと、私は七草殿に含むところなどありませんよ」

例えば達也は、弘一が周公瑾と手を結んでいた事実を知っている。だがそれを理由とする蟠りの類を懐いていないのは、本当だった。

「私もです。司波さんには何も含むところはありません」

弘一も、真夜に対する感情的なしこりと達也に対する評価を、分けて考えられる人間だった。

◇　◇　◇

六月十七日、夜。陸軍情報部副部長の犬飼は西苑寺退役大将に随行する形で都心を少しだけ

離れたホテルを訪れていた。前世紀から——今年は二十一世紀最後の年だ——世界的に権威を認められているホテル格付けで最高級の評価を受けている超一流ホテルだ。

予約していたレストランの個室に案内され、そこにまだ誰もいなかったことに犬飼は安堵の息を漏らす。犬飼は——西苑寺もだが、椅子を引こうとするウエイターの勧めを断り、個室の壁際に並んで立った。

犬飼たちの到着から十分余りで主賓が個室に現れる。予定時刻を過ぎているとはいえ、予想よりも早い到着だ。西苑寺と犬飼は、護衛を兼ねた秘書と思われる若い女性に先導された老人を最敬礼で出迎えた。

西苑寺が老人——元老院四大老の一人、樫和主鷹に態々足を運ばせたことに対する謝罪と、面会に応じてくれたことに対する謝意を最大限畏まった言葉遣いで述べる。樫和がそれに気さくな口調で答えて、護衛兼秘書の女性を含めた四人はテーブルに着いた。

この国の陰の権力者の一人である樫和主鷹は百七十センチ台後半の老紳士だった。髪は真っ白だが、姿勢は良い。立っていても座っていても、腰も背筋も曲がっていない。歩く足取りもしっかりしていた。既に七十歳を超えているはずだが、アンチエイジングの成果か肌に老人斑はなく、皺もそれほど目立たない。雰囲気は温和かつ物静かで学者然としていた。

西苑寺を通じて犬飼が「お目に掛かりたい」と申し込んだのはまだ一昨日のこと。偶々予定が空いていたのかもしれないがそれでも、樫和は権力に似合わず腰が軽い人物であるようだ。

自分の屋敷に呼びつけずレストランでの会食を希望したことからも、そうした勿体を付けない性格が窺われる。

「それで、西苑寺君。相談したいこととは何ですか？」

樫和は口調も、外見のイメージを裏切らないものだった。

しかし話し掛けられた西苑寺は、最敬礼で出迎えた時から少しも緊張を緩めていなかった。

「はっ、恐れながら……」

そう前置きして西苑寺は、真由美の渡米に関する元老院のスタンスを樫和に訊ねた。

「元老院としては、魔法師の海外渡航を許可も禁止もしません」

望む回答が得られなかったことに軽い失望を覚えながら、それでも最悪ではなかったことに気を取り直して犬飼は西苑寺にアイコンタクトでより突っ込んだ質問を依頼した。

「……お差し支えなければ、先生ご自身のお考えをお聞かせ願えませんか」

犬飼の視線を受けて、西苑寺が恐る恐る問いを重ねる。

「個人的には……、東道君は少々あの若者たちに肩入れしすぎではないかと感じています」

この回答は、犬飼を大いに勇気づけた。

「彼の者の重要性は十分認識しておりますが、それを笠に着て気ままに振る舞われては秩序を保てません。先生の深遠なるお知恵を拝借できませんでしょうか」

犬飼が直接樫和に話し掛ける。

連れの女性は眉を吊り上げて不快感を露わにしたが、樫和は気にした素振りを見せなかった。

「そうですね……。今や護国の切り札となったあの者やその許嫁を害するのは論外ですが、許嫁だけがあの者の世界の全てではないでしょう。そして、たとえ鬼神の力を有していようと人である限り手の数には限りがあります」

「先生、それは……」

裏の仕事に通じている犬飼は、樫和が何を唆しているのか正確に理解した。

同時に、目の前にいるのが単なる穏やかな人格者などではなく、この国の「陰」を支配する権力者の一人だということも改めて理解した。

「それに、この世には万能の力など存在しません。どんな技術にも遣い手によって得手と不得手があります。それは魔法であっても例外ではありません」

だが唆されている狙いは分かっても、達成の為の具体的な手段が分からない。樫和のセリフの意味を読み解くべく、犬飼は必死の形相で考え込んだ。

その姿に同情を覚えたのだろうか。

「この件に適任と思われる者たちに心当たりがあります。紹介状を書きましょう」

樫和はあっさり、そう付け加えた。

「ありがたき幸せに存じます……！」

西苑寺と犬飼が、声を揃えて深々と頭を下げる。

「さて、せっかくですからご馳走になりましょうか」

樫和の言葉に、犬飼は慌てて立ち上がった。

彼は室外に控えさせたウエイターに声を掛ける為、急ぎ足で個室から出て行った。

◇　◇　◇

陸軍情報部の副部長が陰の権力者を必死に持て成しているのと同じ頃。

達也は自宅のリビングにリーナを招いて、渡米の準備状況について報告を受けていた。

招いて、といっても達也と深雪の自宅とリーナの自宅は同じマンションの同じ階で、リーナは毎晩この部屋に来ている。今のリーナは深雪のボディガードだから、というのが表面的な理由だが、実態は深雪が作る夕食が目当てだ。

ホームオートメーションが発達した現在では珍しくないが、リーナは料理ができない。本人は「サバイバル料理なら得意よ！」と主張しているが、そんな言い訳をしている時点で日常的な料理スキルは無いと白状しているようなものだ。

なお一人分多く食事を作らせられている深雪は、遠慮という言葉を忘れたように毎晩やって来るリーナのことを嫌がっていなかった。深雪にとってリーナは、対等に付き合うことができる得難い友人だった。

それはリーナにとっても同じだ。――「対等に」と言っても二人は別に王侯貴族の姫君というわけではない。彼女たちの気品溢れる希有な美貌は高貴な血筋の末裔と言われても違和感が無いどころか、むしろ納得感しか覚えないものだったが。

地位や階級ではない。容姿ですらない。深雪とリーナは共に、余人を寄せ付けない魔法力の持ち主だった。高校時代からの友人であるほのかや雫ばかりか、四葉家の血を濃く受け継ぐ亜夜子や夕歌――四葉分家の一つ、津久葉家の長女で次期当主の津久葉夕歌――ですらこの二人には明確に及ばない。四葉家当主で現在世界最強の魔法師の一人と見做されている四葉真夜も、彼女だけが使える必殺の特殊魔法を別にすれば深雪とリーナには敵わないかもしれない。

お互いに対等の力関係と認め合っている友人同士。それでいてフィクションのお約束となっている「恋のライバル」ではない。その点もぬるま湯のような心地良い関係が続いている理由と言えよう。

そんなわけでリーナは夕食後、深雪とお喋りしていることの方が多いのだが、今日の用事は仕事の話だ。リーナは達也の依頼でＵＳＮＡに一時帰国することになっている。

真由美たちをバンクーバーに派遣しＦＥＨＲと接触させるに当たり、ＦＥＨＲの敵対組織や反魔法主義勢力などが妨害を目論む可能性がある。場合によってはＵＳＮＡ連邦政府・地方政府機関の一部が妨害に加わるかもしれない。それに対抗する手段として、ＵＳＮＡ連邦軍上層部と強いつながりを維持しているリーナを秘密裏に派遣するのだ。

リーナはその準備の進捗について説明しに来ているのだった。なお彼女は帰化して国籍は日本になっているので法的には帰国ではないが、心情的には「帰国」に他ならなかった。

「座間基地の司令官とは話が付いたのか」

第三次世界大戦、別名二十年世界群発戦争の激化によりアメリカ軍（ＵＳＡ軍）はハワイに引き上げ、在日米軍基地は消滅した。しかしアメリカ（ＵＳＮＡ）にとって西太平洋海域における日本の地政学的重要性に変わりはなく、日米同盟も意味合いを変えながら存続している。

一方日本は北に新ソ連、西に大亜連合と二方面から大国の軍事的脅威に曝されている状況が続いている。いや、戦前よりむしろ悪化している。

こうした日米両国の利害の一致により、旧在日米軍基地の多くは日米共同利用基地に指定されていた。形式的平等を整える為ＵＳＮＡ領土にも共同利用基地は存在するが、米国内に常駐する日本軍の部隊は今のところ存在せず、実質的に米軍が日本国内の基地を利用する為の制度になっている。座間基地はこの共同利用基地の一つで、ＵＳＮＡの補給部隊が常駐していた。

「――ええ。最初は渋っていたけどベンの口利きでカーティス上院議員から話を通してもらって。そしたらすぐだったわ」

「ベン」とはリーナの、スターズ総隊長時代の腹心の部下で現在のスターズ総司令官ベンジャミン・カノープスのことだ。リーナがＵＳＮＡ軍を退役した今でも――ただしＵＳＮＡ軍は退役を「あくまでも形式的なもの」としている――カノープスとの親交は続いている。それだけ

ではなくカノープスはＵＳＮＡ連邦政府の国防長官から、リーナを陰から支援するよう密命を受けているのだった。

「カーティス閣下の御力を借りるほどの案件ではなかったんだが……」

カーティス上院議員はかつてパラサイト化したスターズの隊員によりリーナとカノープスが陥れられて反逆者の濡れ衣を着せられた際、その名誉回復に協力してくれた「影のＣＩＡ長官」とも呼ばれているＵＳＮＡ政界の大物で、カノープスの大叔父（祖母の弟）に当たる。

「ワタシもそう言ったんだけど、ベンが『この程度は借りにならないから』って」

「そうか。時間が節約できたことを素直に感謝しよう。では予定どおり、米軍の輸送機で出国するんだな？」

「ええ。ＩＤカードとパスポートは、スターズの方で用意していた物を基地で受け取ることになってる」

リーナは日本に帰化済みで、当然のことながらＵＳＮＡ国籍は持っていない。だがＵＳＮＡ連邦軍は己の面子を守る為にリーナの——国家公認戦略級魔法師『アンジー・シリウス』の日本帰化を「超戦略級魔法師・司波達也を監視する為の欺瞞工作の手段」と内部処理している。

そしてＵＳＮＡ国民、ＵＳＮＡ連邦軍人としての身分を、本名とは別に用意していた。今回リーナが渡米に当たって利用するＩＤは、このＵＳＮＡ軍が偽造していたものだ。ＵＳＮＡ当局が作成したものだから、ある意味で本物と言える。

「今回は出国も入国も軍の輸送機を使うから、予定どおりならパスポートは要らないんだけどね。こっちに戻ってくる際に万が一の手違いがあった時は、一般のアメリカ人として日本に入国することにするわ」

「最悪の場合、光宣に迎えにいってもらうから高千穂経由で帰ってくれば良い」

高千穂は高度約六千四百キロメートルを周回する巨大な人工衛星だ。パラサイトになり地上には居場所がなくなった光宣と水波の為に達也が用意した住居——衛星軌道居住施設だが、日本とアメリカを往き来する中継基地としても使えることは先月確認済みだ。

「分かった。そんなことにはならないと思うけどね」

リーナは完全に他人事の顔だ。

達也もそんな事態はまず発生しないと考えていたので、苦笑しながら「そうだな」と返す。

「お話は終わりましたか？」

話し掛けてきたのはコーヒーカップが載ったトレーを持つ深雪だ。仕事の話を邪魔しないよう、タイミングを計っていたのだろう。

シンプルな膝下丈ワンピースにエプロンを着け、シュシュで髪を纏めた深雪は新妻感に溢れていた。独り身のリーナには少々目に毒なオーラを放っている。無意識なのか故意なのか、ソファに座った態勢で顔を上げたリーナは眩しそうに目を細めた。

その視線に深雪はクスッと笑い——見慣れているはずの自分の姿に一々反応するリーナが可

笑しかったのだ――達也とリーナの前にカップを置く。そして達也のカップの隣に自分の分を置いて深雪は定位置に腰を下ろした。――定位置というのは言うまでもなく、達也の隣だ。

「リーナは何時発つの？」

深雪がカップに手を伸ばしながらリーナに訊ねた。

「マユミたちが二十六日でしょ？　だからワタシは二十七日に発とうと思って」

「再来週の日曜日ね」

今日は木曜日。二十七日は次の次の日曜日になる。

「じゃあ、少し余裕があるわね」

「ワタシはさっさと済ませたいんだけど」

深雪の笑顔に、リーナは軽く肩を竦めて応えた。

「久しぶりに会う方も多いのでしょう？　お土産とか、買っていかなくても良いの？」

「軍用機よ。余計な物は持っていけないわ」

「輸送機でしょう？　民間機よりむしろ余裕はあると思うけど」

「それは、そうかもしれないけど」

「もしお土産を買いに行くんだったら付き合うわよ」

リーナが悩み顔で考え込む。

これ以上はノイズになると考えたのか、深雪は隣の達也へ顔を向けた。

「ところで達也様。政府から干渉があったようですが」

「昨日、七草殿が防衛大臣に呼び出された件か？」

「はい」

頷く深雪は、少し心配そうだ。

「政府からというより国防軍から、だろうな。震源地は陸軍情報部辺りか」

「先輩の渡米中止を求められたのでしょうか？」

先輩というのは言うまでもなく真由美のことだ。仕事上では真由美のことを「七草さん」と呼んでいる深雪だが、私的な空間では昔の呼び方になりがちだった。

「そうだ。良く分かったな」

深雪の洞察力を褒める達也。だがこれは贔屓目というものであろう。高レベルの民間魔法師が無断で出国しようとしているのだ。政府高官の選択肢は限られている。

「七草殿が心変わりされる可能性はございませんか？」

達也に褒められて幸せそうに頬を緩めながら、多幸感に溺れず深雪はさらに懸念を述べる。

おそらく、大学生になる前には無かった展開だ。

「昨日、七草殿から話を聞いた感触から判断して、多分大丈夫だろう」

「そうなのですか？　七草殿も政府の言いなりになるおつもりは無いのですね」

「ああ。あの方はあの方で、外国にビジネスチャンスを狙っているようだ」

達也の説明に、深雪は納得感を見せた。あくまでも自分の利害を計算した上で選択するというのは、深雪が懐いている七草弘一のイメージに一致する。

「しかし、情報部が絡んでいるならなおのこと、軍がこのまま引き下がるとは思えませんが」

「そうだろうな」

達也の表情から深雪は、ここまでは彼の想定内で、ここから先も達也の掌の上だと確信した。

「達也様。次はどうなさるのですか？」

不謹慎かもしれないと感じつつ、期待を込めて深雪が訊ねる。絶対的な力で敵対勢力を圧倒する達也も素敵だから偶にはそんな姿も見せて欲しいという願望が、深雪の中には確かに存在した。

「次？」

「何か策がお有りなのでしょう？」

深雪だけでなくリーナも悩むのを中断して達也を見ている。

物騒な期待に瞳を輝かせている二人の美女に、達也は心の中で苦笑いを浮かべた。

ただ深雪の指摘は間違っていないし、ここで嘘を吐く必要も無い。

「マテリアル・バーストを使ったデモンストレーションを考えている」

「マテリアル・バーストをですか⁉」

「タツヤ、本気⁉」

深雪とリーナが期待を狼狽に変えて目を見開く。達也の回答は二人の予想を超えていた。いや、超えるというより思ってもみないものだった。

一方達也にとって、二人の反応はそれこそ想定内のものだ。彼には別段、深雪たちを驚かせようという意図は無かった。だからすぐに説明を付け加える。

「当然だが、地球上を標的にするつもりは無い」

達也は「どの国も」ではなく「地球上を」という表現を選んだ。それで深雪は、彼が何をするつもりなのかピンときた。

「狙いは宇宙ですか？」

「マテリアル・バーストの、本来の用途を見てもらう。そうすれば魔法師の自由を制限すべきではないと理解してもらえるだろう」

リーナは「？」という顔をしている。

その表情を見て「その内、説明してあげよう」と深雪は思った。

◇　◇　◇

六月十八日、金曜日。

達也は朝から、魔法大学ではなくメイジアン・カンパニーの執務室でデスクワークに勤しん

でいた。ただ、今日の目的はそれだけではない。「デモンストレーション」の下準備も、達也(たつや)の予定表には書き込まれていた。

午後二時。藤林(ふじばやし)を呼び出したのもその一環だ。

「……そうですか」

藤林(ふじばやし)の報告に達也(たつや)が頷(うなず)く。

彼はデスクの向こう側に藤林(ふじばやし)を立たせるのではなく、キャスター付きの椅子に座らせて彼女の報告に耳を傾けていた。

「ちょうど良(い)いターゲットが見付かりましたね。運が良かったと言うべきでしょう」

「標的については、継続的に追跡データを提供してもらえることになっています」

「データ回線の方はどうですか。藤林(ふじばやし)さんのことですから、そちらは抜かりないと思いますが」

「既に手配済みです。今すぐにでも仕掛けられます」

藤林(ふじばやし)は国防軍において「電子の魔女(エレクトロン・ソーサリス)」と異名を取るほどの凄腕(すごうで)ハッカーだった。退役した今も、その技量は全く衰えていない。

「さすがですね。ご苦労様でした」

「恐縮です」

藤林(ふじばやし)が座ったまま一礼する。彼女は既に軍人の流儀から民間人の流儀にシフトしていた。

「ところで」

藤林が顔を上げるのを待って、達也がそう続ける。

その口調がそれまでと全く変わらなかったからだろう。

藤林は全く警戒していなかった。

「先日、兵庫さんと二人でお出掛けになったそうですが」

その為、このセリフに藤林は激しい動揺に見舞われた。

「ふ、二人で⁉　い、いえ、確かに二人でしたが、あれは！」

「ああ、誤解しないで下さい。お二人の交際を邪魔するつもりはありません。むしろ喜ばしいことだと思っています」

「誤解しているのは専務の方です！」

顔を赤くして叫ぶ藤林を達也は無言で見返す。

彼の顔には「隠さなくても良いのに」と書かれていた。

「花菱さんと交際なんてしていません！　この前の展示会は、仕事に使えそうなツールがないかどうか見に行っただけです！」

藤林が兵庫と一緒に出掛けたのは、最先端の民生用ナノロボット技術を各社が一斉に発表した展示会だ。民生用技術にも稀に、軍事用技術を凌駕するものがある。仕事に使えるツールをチェックしに行くというのは、ありそうなことだった。

しかし、だからといって二人で一緒に回る必要はないはずだ。交際を疑うのは、邪推とは言えないだろう。

「花菱さんにエレクトロニクス技術上のアドバイスをして欲しいと頼まれてですね！　私もナノロボット技術には興味がありましたからそれで」

必死に言い訳する藤林には、依然として達也から疑惑の眼差しが注がれていた。

［3］警告

十八日、金曜日の深夜。達也は九重寺を訪れた。八雲に電話で呼び出されたのだ。

三年前の七月にパラサイト化した光宣を巡る思惑の違いから真剣勝負を演じた二人だが、互いに遺恨は残していない。昔に比べて頻度は減ったが、今でも時々稽古をする間柄だ。

だが八雲の方から達也を呼び出すのはかなり珍しい。一体何事かと、達也は緊張を覚えずにいられなかった。

山門では弟子が待っていた。その者に案内されて本堂に上がる。八雲は奥の間で待っていた。

「師匠、失礼します」

「こんな時間に悪いね。すぐに話しておきたい、悪い報せがあったんだ」

急を要する事態が発生しているということは「すぐに来て欲しい」「電話では話せない」と言われた時点で、達也は確信していた。

「それは俺にとっての悪い報せでしょうか。それとも師匠にとっての凶報でしょうか」

そう訊ねはしたが、八雲が苦境に陥っているとは、達也は考えていなかった。

「どちらにとっても、だね」

だからこの回答は、達也にとってかなり意外なものだった。

「達也くんも知っているとおり、僕は忍びである一方で比叡山の生臭坊主でもある」

「……生臭なんですか？」

「血生臭い方のね」

「…………」

敢えて沈黙した達也に、八雲がニヒルな笑いを向ける。

「組織が大きくなれば、表沙汰にできない仕事を請け負う者が必要になる。坊主の世界でも同じだよ」

「組織の大小ではないと思いますが……、理解できます」

達也がため息を吐くような表情で、口調だけは淡々と相槌を打った。

「まあ、必要悪というヤツだね。本当は必要とも言えないんだけど」

達也に合わせたわけではないだろうが、八雲がため息を漏らす。

「それで今回、困ったことに生臭坊主の弟子がとんでもない仕事の依頼を受けてしまってね。本山が頭を抱えているんだよ」

八雲は珍しく本気で頭を抱えているように見えた。

「とんでもないが、比叡山の力を以てしても取り消せない依頼、というわけですか」

「そのとおり」

達也の推測に、八雲は深々と頷いた。

「依頼人はそんなに大物なんですか？」

「大物といえば大物だけど、問題は依頼人そのものよりも紹介者の方なんだ」

「……聞かない方が良いような気もしますが、そういうわけには行かないんでしょうね」

「君にとっては残念なことにね」

今度は達也が、本当にため息を吐いた。

「――聞かせてください」

覚悟を決めた達也が問う。

「元老院四大老・樫和主鷹殿。『先生』と呼ばれている方だよ」

八雲は勿体ぶることなくあっさり答えた。

「東道閣下と同じ四大老のお一人ですか……」

達也の脳裏を過ったのはショックや恐怖ではなく「何故」という疑問だ。

こうして呼び出した上で話を聞かせられているのだから、その「依頼」の目的は自分なのだろう。しかし東道と同じ四大老が何故自分をターゲットにするのか。

いや、全く心当たりが無いわけではない。先日文弥に捕らえさせた魔法至上主義過激派団体・進人類戦線のリーダーを匿っていた十六夜調は、今名前が出た元老院の樫和主鷹の意を受けていたと分かっている。

しかし東道と同じレベルの権力者が、あの程度のことに腹いせの報復など企むだろうか。まさかそんな小物じみた理由であるはずがない。――達也はそう考え、首を捻った。

「理由が何かは、僕にも分からない」

達也の微妙な表情の変化を読み取って、八雲が口に出されなかった疑問を先取りする。

「しかしどんな思惑があるのだとしても、元老院の紹介状が添えられた依頼を、いったん引き受けておきながら後からキャンセルなんて本山にもできない。それがどんなにとんでもない依頼だったとしてもね」

どうやら耳を塞いではいられないようだ——と、達也は覚悟を決めた。

「内容をお教えください」

「落ち着いて聞いて欲しいんだけど」

八雲は真顔で、そう前置きした。

「無論、取り乱したりはしません」

「まあ、君に限ってそんなことはないと思うけど……。まず、依頼主は国防陸軍情報部」

「情報部ですか」

これについては、達也は意外感を全く覚えなかった。陸軍情報部とは三年前にも揉めたことがある。

「——内容は、君の友人たちに呪いを掛けることだ」

「……それは何を目的とする呪詛ですか？」

達也の口調は落ち着きを保っている。だが声のトーンは明らかに低くなっていた。

「呪殺を目的としたものではなく、精気を奪い身体を衰弱させる類の呪いだよ。もっとも、直接命を奪う術ではないというだけで身体が弱れば病気に罹りやすくなるし、注意力の低下から事故も起こしやすい。長期間に及べばやがては起き上がれなくなり、死なないまでも重い後遺症が残るだろう」

「俺の友人たちというと、具体的には誰が狙われますか」

「深雪くんやリーナくんに手を出すほど弟子も馬鹿ではないよ。北山雫くんと光井ほのかくんも、本山は北山氏を怒らせたくないだろうから標的にはならないと思う」

「つまりそれ以外なら、誰が狙われてもおかしくないと？」

「そうだね」

達也に鋭い眼差しを向けられても、八雲は平然としている。いつもとの違いは微かに困惑の笑みを浮かべているくらいだった。

「情報部は多分、君に圧力を掛けたいのだろうな。呪いは人質と同じような効果があるからね」

殺したり大怪我を負わせたりするのではなくジワジワと苦しめる。その上で、呪いを解いて欲しければ言うことを聞け、というわけだ。確かに呪詛と人質は似たところがある。

おそらく情報部は魔法師の海外渡航そのものを問題視しているのではなく、魔法師が政府のコントロールから外れることを危惧しているのだろう。彼らにとって魔法師は兵力。忠誠心に

疑いが生じた兵士の離反を防ぐ目的でその家族や友人を人質に取るというのは、古いタイプの権力者が考えそうなことだ。――達也はそう思った。

もっとも相手の思惑が理解できたからといって、達也がそれに屈服しなければならない道理は無い。

「師匠。その依頼を受けた弟子の術者を始末するのはまずいんですよね？」

この露骨な言い様には、さすがに八雲も超然としてはいられなかった。

「それは止めて欲しいな」

唇と目尻は笑みの形を描いているが、こめかみの辺りが微かに引き攣っている。

「古い組織はプライドが膨れ上がっているからね。拝み屋と戦争になっちゃうよ」

「そうですか……。分かりました。しかし術者を消すのが無しとすると対応が難しくなりますね。呪詛は証拠が残りませんから」

「ははは……。まあ、君なら死体も証拠も何もかも、跡形も無く消してしまえるんだろうけど」

八雲が乾いた笑い声を漏らした。

「それを無しにしてくれるんだったら、すぐに来てもらった甲斐があるというものだ」

どうやら八雲の目的は、達也と密教系古式魔法師との内戦を予防することにあったようだ。

もしかしたら比叡山、いや、闇の比叡山とでも呼ぶべき組織の幹部から、依頼があったのか

もしれない。軽率な身内の所為で大惨事が引き起こされるのを防いでくれ、とか何とか。

「対応は吉田家の彼に相談すれば良いんじゃないかな。彼も多分、当事者だからね」

「幹比古を狙うのは、それこそ愚かな真似だと思いますが」

基本的に古式魔法師である幹比古は、間違いなく呪詛にも精通している。破り方も良く知っているはずだ。

「彼にも大切な人がいるだろう」

「なる程」

八雲の指摘に達也は納得して頷いた。確かに美月が標的になれば、幹比古は自分から関わってくる。事前に相談しておいた方が、達也だけでなく幹比古にとってもプラスだろう。

「分かりました。早速話してみます」

達也は八雲に一礼して、出されたお茶に口を付けずその場を辞した。

◇　◇　◇

次の日、達也は午前中の予定を全てキャンセルして朝から魔法大学に来ていた。いつもの登校日とは違って課題関係は最小限で切り上げ、深雪たちとも別れて専攻外である魔法幾何学の研究棟へ足を向けた。

運良く、探し人の幹比古はすぐに見付かった。

幹比古は背中を向けていたが、顔を見なくても体格と気配で分かる。この程度の真似はエレメンタル・サイトを使うまでもなかった。

彼は立ち止まって誰かと話をしている模様だったが、その相手はちょうど幹比古の陰になって達也からは見えなかった。わずかに見える手と足の先で女子学生らしきことは分かる。「眼」を向ければ詳しい素性はすぐに分かっただろうが、無用な詮索をする趣味はない。達也はその女子学生の気配も敢えて読まなかった。

邪魔をしたらまずいのでは、と達也は一瞬だけ悩んだ。

だが一刻を争うかもしれない事態だ。達也は馬に蹴られる覚悟で幹比古の名を呼んだ。

「幹比古！」

「あれっ、達也くん。今日は大学に来てたんだ」

達也の呼び掛けに応えたのは幹比古ではなかった。幹比古の身体の陰から顔を出したのは、高校時代からの女友達であり戦友でもあるエリカだった。

達也の心に迷いが生じる。情報部の狙いが達也の譲歩を引き出すことにあるなら、エリカも呪詛のターゲットになる可能性がある。

白兵戦ならプロの戦闘魔法師とも対等以上に渡り合うエリカも、精神攻撃に対する抵抗力は不十分だ。剣術修行で一般人より高い耐性を獲得してはいるが、気力で何とかなるレベルを超

えた攻撃には対応できない。

　この機会に、前以て警告しておくべきだろうか……。

「おはよう、二人とも」

　その迷いをいったん棚上げにして、達也は普段どおりの挨拶をした。なお今は一限目が終わった直後で朝というには少し遅い時間帯だが、午前中には変わりない。

「うん、おはよう」

「おはよう、達也。僕に何か用？」

「ああ。急ぎで、重要な用がある。二限目は講義か？」

「うん……。でも大丈夫だよ。オンライン用のアーカイブがある講義だから。話を聞くよ」

　魔法大学の学生は家の仕事を手伝っている者が多い。家事手伝いではなく、魔法師としての仕事だ。その都合でどうしても講義を欠席しなければならないケースは珍しくない。

　そういう学生に対する救済措置として魔法大学では、期間を限定してネットで最新の授業を視聴できるアーカイブを用意している講義が結構ある。公開講座ではないが、履修を登録していて大学内の有線端末を利用すれば利用可能だ。

「すまんな。では、ついてきてくれ」

「分かった」

「あたしには内緒の話？」

頷く幹比古の隣からエリカが口を挿む。

「そうだな……」

達也は少し考え、すぐに結論を出した。

「実はエリカにも関係があるかもしれない話だ。一緒に来てもらえるか」

エリカが軽やかに「オッケー」と頷く。

彼女と幹比古を連れて、達也は歩き出した。

達也は二人を『未確認魔法研究会』のサークル室に連れて行った。

ここは活動休止状態だったサークルを達也が魔法大学における活動拠点とする為に乗っ取ったものだ。現在のサークルメンバーは四葉家関係者の中でも達也に忠実な者だけで構成されており、サークル室もセキュリティを重視した改造をされている。——大学には無断で。

一種の治外法権地帯となっている未確認魔法研究会の部屋で、達也は幹比古とエリカに昨晩八雲から聞いた呪詛の件を話して聞かせた。元老院の名前はさすがに伏せたが、陰の権力者を味方に付けた陸軍情報部が元凶であり彼らの思惑が何かということまで説明した。

「相手は『都落ち』の呪術師か……。厄介だね」

達也の話を聞き終えた幹比古がぽつりと呟く。

「都落ちって？」

言葉自体は珍しくないが、この場で使われるには意味が適当でないと感じたエリカが幹比古にすぐさま訊ねた。

「ああ……。比叡山には色々な別名があるんだ」

「知ってる。天台山とか北嶺とかよね」

「そう。その異名の中に『都富士』というのがある。『都落ち』というのはここから来ていて、外道に落ちた比叡山の術者を古式魔法師の一部では『都落ち』と呼ぶんだよ」

「一部なんだ」

「そうだね。一般的な名称とは言えないかな」

苦笑しながら幹比古が頷く。

「でも気に入った。あたしも今度からそう呼ぶことにする」

「では俺も使わせてもらおう」

エリカばかりか達也までそう悪乗りしたことで、彼らの中での敵のコードネームは『都落ち』になった。

閑話休題。

「人質の代わりに呪術を使うのであれば、女性の方が狙われる可能性が高いと思う」

「……達也は柴田さんが呪詛のターゲットになると言うのかい？」

低い声で幹比古が問い返す。彼の顔からは表情が消えていた。

「それと、エリカだな」

達也の答えにエリカが顔を顰める。――完全な巻き添えであるにも拘わらず彼女は顔を顰めただけで、達也を責めようとはしなかった。

「光井さんたちは心配しなくても良いの？」

無表情のまま幹比古が訊ねる。

「ターゲットになる可能性が無いとは言えない」

政界にも強い影響力を持つ財界の雄・北山潮の機嫌を損ねたくないだろうから雫とほのかは狙われないと八雲は言っていたが、達也の考えは違った。彼は道を踏み外した者の理性――損得勘定が当てになるとは、余り思っていない。

「だが美月とエリカよりリスクは低いだろう」

ただ「目的達成の為に攻めやすい部分を攻める」という原則は呪術も変わらないだろうと達也は思っている。技術的に見ればほのかや雫よりむしろ特殊な目を持つ美月の方が呪うには難しい相手かもしれないが、所属する組織に対する影響を考えれば、政治力や財力が無視できないのは八雲の言うとおりだと達也も考えている。ただ可能性がゼロではなく低いだけと見ている点が違っていた。

「……分かった」

幹比古の表情は、ポーカーフェイスから殺気立ったものに変わっていた。

「柴田さんとエリカについては僕の方で対応する。エリカ、今日の帰りは僕の家に寄ってくれる？」

「う、うん。良いけど……」

その静かな怒りはエリカが気圧される程のものだった。

「呪術師の方は僕が何とかするから、達也はそれ以外をさっさと片付けてくれ」

「分かった」

幹比古が無言で立ち上がりサークル室から出て行く。

達也は彼を引き止めなかった。

◇◇◇

「ちょっと、ミキ、待ちなさい！」

未確認魔法研究会のサークル室を出た幹比古を、そのすぐ後を追い掛けてきたエリカが呼び止める。

「待ちなさいってば！」

幹比古は二度目でようやく、足を止めた。

「何だよ!? それと、僕の名前は幹比古だ！」

振り返り、ぶっきらぼうに応えを返す幹比古。

エリカは眉を顰めはしたが、喧嘩にはならなかった。

「……別に達也くんが悪いんじゃないよ」

「分かっているさ、それくらい」

幹比古の声からは、怒りより苛立ちが感じられた。

「じゃあ何が気に入らないの？」

挑発気味に、ではなく思い遣る口調でエリカが訊ねる。

「未だに罪も無い女性を呪うなんて真似をしているから古式魔法師は胡散臭い卑怯者扱いされるんだ。達也から譲歩を引き出すのが目的なら、柴田さんを狙ったりせず本人を呪ってみれば良い！」

「柴田さんを狙ったりせず」の辺りに幹比古の本音が漏れていたが、エリカはそれを指摘して彼の神経を逆撫でするような真似はしなかった。

「そんなの、無理だと思うよ。達也くんに手出しできる人間なんていないんじゃないかな」

「それは……そうかもしれないけど」

幹比古の表情から険が無くなったのは、自分ならどうかと考えてエリカの主張に納得してし

まったからだ。確かに達也に直接攻撃を仕掛けるなど、色々な意味で考えられない。いや、考えたくなかった。

「むしろ事前に警告がもらえたんだから、美月のことはミキが守ってあげれば良いじゃん」

「それも、そうか」

「あっ、あたしのこともよろしく。頼りにしてるわよ、幹比古くん」

エリカが幹比古のことを、「ミキ」ではなく甘い声で「幹比古くん」と呼んだ。その声音には年齢相応の色気があって、冗談だと分かっていても幹比古は心をかき乱されてしまう。

「こんな時だけ調子が良いぞ」

目を逸らしながらそう言ったのは……。

幹比古の、精一杯の強がりに違いなかった。

幹比古とエリカが未確認魔法研究会のサークル室を去った後。

一人で残っていた達也の許を、程無くして男女一組の学生が訪ねてきた。

「達也さん、お呼びですか」

「何か御用でしょうか」

一見すると女子学生の二人組。文弥と亜夜子だ。

「すまんな、急に呼び出して」

彼女たちは幹比古とエリカが出て行った後、達也がメールで呼び出したのだった。

「いえ、抜けられる講義でしたから」

文弥が爽やかにそう言った後、

「それを把握なさった上でお呼びだったのでしょう?」

亜夜子が軽く咎める口調で付け加えた。――悪戯っぽい笑顔を見るまでもなく、責めているようにも聞こえるそれは態とだ。

ただ口調は巫山戯半分だがセリフの中身は当たっている。この二人だけでなく深雪とリーナの履修スケジュールも達也は暗記していた。

「それでも無理を言ったことに変わりはないさ。快く応じてくれて感謝している」

「当然です。達也さんのお呼びと大学の講義と、どちらが重要かなど考えるまでもありません」

「文弥……。それはちょっと重いわよ」

胸を張って答えた文弥の隣で、亜夜子が少し意地悪な笑みを零した。

「貴方、女の子だったら良かったのにね」

明らかに冗談と分かる口調で亜夜子がからかう。実際に弟が性転換するなどと言い出したら、

彼女はきっと慌てふためくに違いない。

「逆じゃない？　男だから許されるんだと思うけど。重すぎる女の人は男性から面倒くさがられるんじゃないかな」

以前の文弥なら顔を真っ赤にして反論になってない反論を喚くことしかできなかっただろう。しかし今の文弥は姉のからかいに、平然と言い返せるようになっていた。

「あら、重いのは認めるのね」

「男は軽いより重い方が良いんだよ。忠誠が軽い男なんて信用ならないだろう？」

「それより達也さん。御用事をお聞かせくださいな」

形勢不利とみたのか、亜夜子は達也に問い掛けることで話題を変えた。

「昨晩遅く、九重八雲師から情報提供があった。陸軍情報部が元老院四大老・樫和主鷹の支持を取り付けて俺の友人に呪詛を仕掛けようと企んでいるらしい」

達也はいきなり話を振られても、慌てたり戸惑ったりしなかった。落ち着いた口調で、伝えるべきことを伝える。

一方、伝えられた方は二人とも、平静ではいられなかった。

「呪詛!?」

文弥が叫び、

「元老院の樫和様がですか!?」

亜夜子が悲鳴混じりの声を上げる。

「俺も裏を取ったわけじゃないが、おそらく事実だろう。師匠には、こんな質の悪い嘘を吐く理由も必要も無い」

「確かにそうですね……」

動揺が残る声で文弥が相槌を打った。

「それにしても何故樫和様が……。呉内杏を捕らえた件でご気分を害してしまったのでしょうか？」

魔法至上主義過激派団体・進人類戦線のリーダー、呉内杏。樫和主鷹の配下である十六夜調に匿われていた彼女を屋敷から燻り出し捕らえたのは、ほんの二週間前のことだ。

樫和主鷹がどういうつもりで呉内杏を匿わせていたのかは分からない。だが彼女を捕らえたことで樫和の面子を潰したのは間違いない。しかし樫和と同じ元老院四大老の東道青波と直接面識がある達也や東道の為人を達也から教えてもらっている文弥たちにしてみれば、日本の「陰」に君臨する権力者が犯罪者一人の身柄に拘泥するような小者とは思えない。

だが達也も文弥も亜夜子も、樫和の人物像を知らない。権力の大きさが必ずしも度量の大きさを保証するものではない。樫和が極端に面子を重んじる人物であるという可能性も無いわけではなかった。

「俺もその点が気になっている」

達也が亜夜子に向かって頷く。そして二人を同時に、視野に収めた。

「そこで黒羽家に、一つ仕事を依頼したい」

「僕たちに、ではなく黒羽家にですか？」

訝しげに問い返した文弥に、達也が「そうだ」と頷く。

「継続的な監視の仕事だからな。大学の講義をさぼらせ続けるのは忍びない」

「どのようなお仕事でしょうか」

文弥は「別に構わないのに」という顔をしていたが、彼がそれを口にする前に亜夜子が内容を訊ねた。

「十六夜調の監視だ。俺が自分でやれれば良いんだが、今は別件で手が回りそうにない」

達也の「別件」は政府と軍に向けた、マテリアル・バーストを使ったデモンストレーションのことだ。それについてはまだ、この二人には打ち明けていない。だが文弥も亜夜子も「別件」が何か訊ねなかった。

「十六夜調の何を見張れば良いのでしょう？」

代わりに、依頼された仕事に前向きな質問が文弥の口から放たれる。

「彼が呪詛に加わるかどうか。それで樫和主鷹がどの程度本気か判断できると思う」

そう答えた後、達也は八雲からもたらされた情報の詳細を二人に話した。

「……情報部の依頼を受けたのは比叡山の呪術僧なんですね」

文弥が慎重な口調で確認を取る。

「比叡山の正式な僧侶ではないようだ。所謂『破戒僧』だろう。師匠は『生臭坊主』、幹比古は『都落ち』と呼んでいた」

達也は間接的な言い方で肯定した。

「呼び名はともかく、情報部の依頼を受けた呪術僧に樫和様の配下の者はいないということですか？」

文弥は達也の考えを察したようだ。

「それを確かめたい。前回の仕事で、十六夜家は呪術を得意としていることが判明している」

「樫和様が本気で達也さんに報復しようとしているなら、百家の中でも最強を謳われる十六夜家の手駒を使わないはずはないと達也さんはお考えなんですね？」

亜夜子は推測を言葉にして、達也に採点を求めた。

「俺はそう考えている」

「それでしたら、古式魔法に詳しい者でチームを組んで監視させましょう」

達也から花丸をもらって、亜夜子は嬉しそうだ。

「達也さんのご依頼、承りました」

「早速監視チームを手配します」

亜夜子に続いて文弥も姉と競うように、達也へ依頼受諾を伝えた。

［4］内部分裂

真由美と遼介の渡米手続きに対して、国防軍の全てが否定的だったわけではない。同じ陸軍の中でさえ、彼らのスタンスは分かれていた。

六月十五日、火曜日。真由美の渡米準備を知った情報部が秘密幹部会議を開き、妨害工作を話し合っていた頃。習志野基地の独立魔装連隊では情報部で話し合われていたものとは対照的な動きがあった。

独立魔装連隊は第一〇一旅団の隷下にあった独立魔装大隊が独立連隊として旅団から分離改組されたものだ。改組当初は習志野基地の第一空挺団に間借りしていたが、今年に入ってようやく同基地内に自前の本部を与えられたのだった。

その独立魔装連隊司令官室に、一人の新任曹長が呼び出された。

曹長の名は、渡辺摩利。今年防衛大を卒業した彼女は、恋人である千葉修次と同じ第一師団遊撃歩兵隊――小隊の規模を超えたことを理由に改組された――、通称『抜刀隊』を志願していたのだが、残念ながら本人の希望に反して独立魔装連隊に配属されていた。

まあ配属部署が希望どおりにならないのは、軍に限らず良くあることだ。それに任官したばかりの摩利はこの二ヶ月半、不満を覚える余裕も無いほど肉体的にも精神的にもきつい思いをしていた。

今もいきなりの呼び出しで、しかも相手は連隊司令官だ。摩利はデスクの前で緊張に全身を強張らせたまま司令官・風間大佐の言葉を待っていた。

「渡辺曹長。ここには慣れただろうか。我が連隊は防衛大や他の部隊とは色々と勝手が違うと思う」

「ハッ。問題ありません」

「そうか。せっかく慣れてもらったところを申し訳ないが、君にはしばらく任務で部隊を離れてもらいたい」

「外の任務でありますか？」

「そうだ。この種の任務に新任の者を当てるのは異例だが、曹長が適任と判断した」

「光栄であります。如何なる任務も全力で遂行致します」

「良い返事だ」

肩に力が入ったまま鯱張った態度で答える摩利に、風間はフッと穏やかな笑みを向けた。

「ただ、そう力むことはない。曹長の実力ならばそれほど難しくない任務だ」

「具体的な内容をお教えください」

摩利の表情筋は動いていないがポーカーフェイスというわけではなく、顔が少し赤くなっている。ただこれは褒められて嬉しかったのではなく、血気に逸っていたことを自覚させられて恥ずかしさを堪えていたのだった。

「渡米する民間人の護衛だ」

摩利の顔を訝しむ表情が過る。

SPではなく軍人を護衛に付ける程の要人ならば、何故新米でしかない自分を選ぶのか。

そもそも何故護衛の任務がこの独立魔装連隊に回ってくるのか。軍が警護しなければならない重要人物なら、第一師団辺りの出番ではないのか。

――そんな疑問を摩利は覚えたのだった。

風間は摩利のそんな心情が反映された一瞬の表情に気付いていたが、それを指摘、あるいは質問を促したりはしなかった。

「護衛対象は、君も良く知っている人物。七草真由美嬢だ」

誰を護衛するのかが分かれば解消する疑問だと風間には分かっていたからだ。

「真由美をですか⁉　あっ、いえ、失礼しました！」

果たして、硬い姿勢と表情で謝罪した摩利の顔には納得の色が浮かんでいた。

「司令、質問をお許し願えますでしょうか」

しかしすぐに別の疑問を覚えたようだ。

「質問を許可する」

「ハッ、ありがとうございます。小官の任務は渡米する民間人の護衛ということでしたが、彼女のような高レベル魔法師の出国が認められたのですか」

風間が摩利の両眼をのぞき込む。思い掛けず強い視線を浴びせられて摩利は思わず目を逸らしそうになったが、その衝動を必死で抑え込んだ。

「渡辺曹長。我が国に魔法師の出国を制限する法令は存在しない」

「はっ？　ハッ！」

意表を突く言葉に呆けた声が口から漏れたが、摩利は慌ててそれを取り繕った。

上手く誤魔化せたとは言えなかったが、風間は——少なくとも表面上は——気にしなかった。

「法令が無い以上、認めるも認めないもない。ただレベルが高い魔法師の海外渡航には特別に気を付けなければならないリスクがある。曹長、何だか分かるか？」

「……非合法組織による拉致でありますか？」

「そのとおりだ」

風間が満足げな顔で頷き、摩利は心の中で安堵の息を吐いた。

「実際に、前回の世界大戦末期には七草家の現当主も当事者となった事件が起こっている。高レベル魔法師の出国が自粛されていたのは再びあの様な悲劇を起こさない為でもあった」

風間の言葉に無言で頷く摩利。彼が口にしたのは現四葉家当主の真夜が台湾で大漢の非合法工作員に拉致され、それを阻止しようとした七草家現当主の弘一が片目を失った件だ。この事件は魔法科高校でも魔法大学でも一種のタブーとして学生に語られることはない。だが防衛大では将来の魔法師士官が必ず知っておくべき重大な事例として教えられていた。

「しかし魔法師の自粛を当然のものとして軍が出国を妨害するなどあってはならないことだ。我々軍人が為すべきことは、日本国民を守ること。高レベル魔法師が国防上重要な存在であるなら、その重要性に相応しい安全確保の措置を講じることだ」

「ハッ、了解であります！」

「渡辺曹長。今回の任務は国外における日本人魔法師保護のテストケースになると考えている。そのつもりで臨んでもらいたい」

「微力を尽くします！」

背筋に力を入れて敬礼する摩利は、決して形式的ではない熱意を露わにしていた。

◇　◇　◇

自分の渡米が謀略の火種になっていることを、真由美は報されていなかった。彼女は、仕事とはいえ初めての本格的な海外旅行に期待を膨らませながら、その準備を進めていた。

彼女は出張を命じられた翌日から、準備に専念するよう出勤を免除されている。現在真由美は、伊豆の社宅から東京の実家に戻っていた。

当然ながら、飛行機のチケットは既に手配済みだ。出発の予定日は二十六日、土曜日。USNAに発つ日まで一週間となった十九日の夕方。真由美の許に、しばらく会っていない

親友からのメールが届く。久し振りとは思いながらそれほど驚きは覚えず開いたメールには、明日の午後、真由美の自宅で会いたいと書かれていた。

いきなりだが、ちょうど良い機会だと真由美は考えた。出張は行き帰りの時間込みで一週間の予定だが、行き先は太平洋の向こう側だ。日本に戻ってこられない可能性など真由美は全く考えていなかったが、しばらくぶりに会うには良いタイミングだろう。

そう思って真由美は、摩利の用事が何なのか深く考えずに承諾の返事を送った。

そして二十日、日曜日。摩利は「どうせなら一緒に食事でもどう？」という真由美の招待に応じて、正午ちょうどに七草邸を訪れた。

「いらっしゃい、久し振りね」

親友に会えるのが嬉しいのだろう。玄関で彼女を出迎えた真由美は上機嫌だった。

「そうだな。正月以来だから、約半年ぶりか」

真由美に手土産を渡しながら摩利も笑顔で応える。しかしその直後、彼女は急に表情を曇らせた。

「その……、卒業パーティーは済まなかった」

前の三月、真由美は魔法大学を、摩利は防衛大を卒業した。それを祝うパーティーを三月末に開くはずだったのだが、摩利の都合がつかずお流れとなったのだ。

「まだ気にしてるの？　お仕事ですもの、仕方がないわよ」

魔法師士官を育成する特殊戦技研究科出身者は他科の防衛大卒業生と違って幹部候補生学校には進学しない。これは魔法師士官の絶対数が不足していることから、すぐに現場で戦力となることが求められているからだ。

しかし魔法師士官だからといって、幹部候補生学校で教えられる内容を学ばなくても良いということにはならない。この制度と現実のギャップを埋める為に、魔法師士官は正式任官前に開始される配属先での「研修」が事実上強制されている。

それでも普通は卒業式の後、三日から一週間程度は自由になる時間があるのだが、摩利が配属された独立魔装連隊は防衛大卒業式の翌日から事前研修が組まれていた。摩利が真由美の卒業パーティーに出席できなかったのは、そういう事情からだった。

「さっ、入って。もうテーブルの準備はできてるから」

真由美に手招きされて、摩利は玄関に靴を脱いだ。

そのまま来客用のダイニングに案内される。準備ができていると真由美は言ったが、テーブル上にはカトラリーしか出ていない。ランチだというのにコース料理を用意しているのだろうか。

半信半疑と言うより「疑」が六割以上だったが、摩利の推測は当たっていた。二人がテーブルに着いた直後、給仕の使用人がオードブルを持ってきた。

「まだ昼間だぞ」

「良いじゃない。久し振りなんだし。ゆっくりお食事を楽しみましょう」

摩利は呆れたのではなく態々昼間から手間を掛けさせることになった七草邸の料理人や使用人に対して申し訳なく思ったのだ。「こんなことならレストランを予約して外で会えば良かった」とも彼女は考えた。だが今日の用事は他人の耳を憚るものだ。摩利の財布で手が届く普通のレストランで切り出せる話ではなかった。

せめて美味しくいただこう。摩利はそう考えて、仕事の話は食事の後にしようと決めた。


本格的にデザートまで出されたランチが終わり、真由美と摩利の前には熱い紅茶が置かれていた。六月だが、今日は朝から雨が降っていて気温は余り上がっていない。ホットでも特に苦にはならなかった。

「……真由美。真面目な話をさせてもらっても良いか」

「どうしたの、急に？」

ティーカップをテーブルに戻し姿勢を正した摩利に、真由美が目を丸くする。

摩利はその反応を了承と解釈して立ち上がった。

「七草さん。今回の渡米に当たり、本官は貴女の護衛を命じられました。不要とお思いかもしれませんが、是非とも同行をお許し願いたい」

「えっ？　護衛？」

目を白黒させる真由美。

摩利は直立不動の姿勢で彼女の回答を待っている。

「ええと、幾つか訊きたいことがあるからまずは座って？」

「ハッ」

友人から軍人に「顔」を変えたまま摩利が真由美の正面に腰を下ろす。

「……それから、できればいつもどおりに喋って欲しいんだけど」

しかし他人行儀な摩利は、真由美にとって受け容れがたいものだったようだ。

「……分かった」

長い付き合いだ。言うとおりにしなければ真由美がへそを曲げてしまうと覚って、摩利は口調と態度を元に戻した。

「何でも、とは言えないが、可能な限り答えよう」

「もちろん、答えられる範囲で良いわ。機密を漏らせなんて無茶を言うつもりはないから」

そう言って真由美は、気持ちを落ち着ける為に紅茶を飲んだ。

「……ええと、まず、そもそも何故私に護衛が付くの？　私自身は特に社会的な地位も無い民間人なんだけど」

真由美は最初に根本的な疑問をぶつけた。

「真由美が高レベルの魔法師だからだ」

摩利の答えは簡単明瞭だった。

「仮に権力や財力が無かったとしても、レベルが高い魔法師というだけで犯罪組織や工作機関にとっては、狙う価値がある」

「高レベルの魔法師は私だけじゃないわよ。一々護衛を付けていたら、すぐに人手が足りなくなるんじゃない？」

「国内と外国では勝手が違う。四年前の大量交換留学のような例外を除けばここ数十年、民間の魔法師が出国することは無かったからな」

「……つまり、私が慣例を破って外国に行くから態々護衛を付けなければならなくなった、ということ？」

「言い方はともかく、まあ、そうだな」

頷く摩利に、真由美が表情を曇らせる。軍や政府から渡米の妨害を受けることは予想していても、軍人に本来の任務に無い余計な手間を掛けさせることになるとは思っていなかったのだ。

「……国防軍としては」

真由美がくぐもった声で呟く。

「んっ？」

その声は不明瞭で、摩利は良く聞き取れなかった。

訊き返されて、真由美は途中で止めたセリフを言い直す。

「軍としては、私の渡米を止めさせる方が手っ取り早かったんじゃないの？」

「そんなことはしない」

摩利が強い口調で否定する。

「魔法師の出国を制限する法令は存在しない。自粛の強制は法治主義の原則に反する。法の支配からの逸脱は民主主義国家の軍が犯してはならない最大のタブーだ」

そして、さらに強く言い切る摩利。

そんな彼女に、真由美は感嘆と称賛の眼差しを向けた。

「凄いわ！　立派よ、摩利。正式に入隊してからまだ二ヶ月しか経っていないのに、もう模範的な軍人の心構えを身に着けたのね」

真由美が摩利を手放しで褒める。

自分に向けられているキラキラした瞳に耐えられなくなったのか。

「……いや、今のは上官の受け売りなんだが」

摩利は決まり悪げに告白した。

「そうなんだ。それでも立派だわ。良い職場に恵まれたのね」

タネを明かされても、真由美のポジティブな評価は変わらなかった。

「摩利。護衛の件、よろしくお願いします。そういう上官さんの判断なら信頼できると思う」

そして、護衛されることについても前向きになった。

「そうか。快く受け容れてくれるとあたしも助かる」

心境の変化を見せた真由美に、摩利は安堵の表情を浮かべた。

[5] 魔法の存在意義

六月二十日の夜。調布の四葉家東京本部。

このビルの最上階には達也と深雪の自宅があり、地下には達也の個人研究室がある。無論このビルを使っているのは達也と深雪だけではない。リーナも最上階に住んでいるし、下の階には四葉家の関係者が入居している。一階から三階はオフィスや会議室になっているし、地下には訓練室や達也の研究室以外の研究施設もある。

既に夕食も終えた時間だが、達也は自宅でなく二階の応接室にいた。もっとも、客を迎えているのではない。この応接室は防音がしっかりしているので、来客を装った個人的な部下から報告を受けるのに使っているのだ。

「聞かせてくれ、大門」

ソファに座った達也が、その向かい側のソファ——ではなく床に片膝を突いて頭を下げている男性に報告を促す。

「ハッ」

顔を伏せたまま応えを返した男の名は藤林大門。藤林響子の父、藤林長正の異母弟。彼は達也の個人的な諜報員を務める忍術使いだ。なお響子にとっては叔父に当たるが、年齢は大門の方が二歳年上なだけだった。

　三年前、前藤林家当主・長正は光宣の逃亡を助ける目的で達也に騙し討ちを仕掛けた。藤林家として、この裏切りのけじめを付ける為に選ばれたのが大門だ。彼は達也に――四葉家に、ではなく――臣従を誓った。以来、彼は達也の私的な部下として働いている。

　達也が大門のことを「大門」と呼んでいるのは、藤林響子と区別を付ける為だった。単に名前の読み方を変えただけだが、一種のコードネームである。ダイモン＝デーモン。ただし悪魔を意味するdemonではなくdaemon。UNIX系OSのバックグラウンドプロセス「デーモン」が元ネタだ。

「本日、独立魔装連隊の渡辺摩利曹長が七草真由美嬢を訪ねて七草邸に姿を見せました」

　大門は顔を上げこそしたが床に膝をついたままの体勢で達也の問い掛けに答えた。

「渡辺曹長が？」

「はい。渡辺曹長は七草嬢の渡米中、彼女の護衛に付くよう命じられているようです。訪問は七草嬢本人からその許可を得る為のものでした」

　大門は古式魔法師「忍術使い」の名門である藤林家の直系。それに相応しい技術を持っている。魔法師としては前の当主である兄に劣るが諜報の技術では兄をむしろ凌駕していると、藤林家の中では評価されていた。そんな彼だからこそ、警戒厳重な七草家の屋敷内で交わされた会話を盗聴することも不可能ではないのだった。

　また達也の個人的な部下だから、万が一バレてしまったら十師族間のトラブルに発展する

ような任務にも使える。これが文弥や亜夜子ではなく大門に探りを入れさせた理由だった。

「風間大佐は七草さんの渡米を支持してくれているのか？」

「お調べ致しましょうか？」

「いや、止めておこう。風間大佐は古式魔法・天狗術の達人。お前の腕を信用していないわけではないが、万が一のことがある」

大門は達也より年上だ。にも拘わらず達也が横柄な物言いをしているのは、お互いの立場をはっきりさせるという意味があった。達也は大門の能力は信用していても人間としては、姪の響子程には信用していない。彼は達也に共感して、あるいは好意を持って部下になったのではなく、あくまでも藤林家の一員として前当主の背信を償う為に達也の下で働いている。そのことを忘れさせない為に、達也の方が主だと常に示しておく必要があった。

「風間大佐の真意が那辺にあろうとも、七草さんに護衛を派遣してくれるのはありがたい。渡辺曹長ならば彼女の性格的に、情報部と組んで七草さんに冤罪工作を仕掛けるなどという真似もできないだろうからな」

大門が了解の印に深く頭を下げる。

達也はその姿を見下ろしながら立ち上がった。

「ご苦労だった。下がって良いぞ」

「七草嬢身辺の監視は如何なさいますか」

「続行だ」

「かしこまりました」

もう一度頭を下げた後、大門は立ち上がって応接室から普通に出て行った。

大門が去り達也がソファから立ち上がる前に、応接室の扉がノックされた。

「どうぞ」

「失礼します」

大門と入れ替わるように彼の姪、藤林響子が応接室に姿を見せる。いや、このタイミングからして実際に順番を待っていたのだろう。同席しなかったのは、仲が悪いからではない。彼女たちは仕事とプライベートを区別しているだけだった。

「藤林さん、どうぞ掛けてください」

達也は立ち上がって藤林を迎えた。そして彼女にソファを勧め、同時に腰を下ろす。大門に対するものとは明らかに態度を使い分けていた。

「スペースガードから、例の彗星の最新データが届きました」

スペースガードとは地球に衝突する恐れのある地球近傍天体を発見し、観測し、研究する国際組織。二十世紀末に設立され、日本でも同時期に現地組織・日本スペースガードが発足した。国の機関ではなく非営利法人だ。

　藤林の情報入手先は国際組織のスペースガードではなく日本スペースガードの方。非合法的手段によるものではなく、少しハッキングを手伝った縁で友人になった研究員から好意で部外秘データを譲り受けたのだった。

「現在位置は日心黄道座標で黄緯六十一度、黄経百二十二度、地球との距離は約三億キロメートル」

「最接近は何時頃になりますか？」

「約二ヶ月後に公転面に対してほぼ垂直の角度で地球の軌道と交差し、その時の推定距離は百五十万キロ前後と推定されています」

　あらかじめ訊かれることが分かっていたのか、達也の質問に藤林はすらすらと答えた。

「月までの距離の約四倍ですか。交渉材料に使うには、少々インパクトが足りませんね」

　その答えに達也が軽い落胆を見せる。

「いえ、非常に近いと言えます」

　しかし、藤林の見解は違っていた。

「二十世紀末の百武彗星は月までの距離の四十倍、十八世紀のレクセル彗星でも月までの六倍ですから。しかも彗星としてはかなり大きめのサイズで、途中で分裂して軌道が変わり、破片が地球に降り注ぐような事態になれば最低でも大惨事は免れません」

「その割には話題になっていないようですが」

詳しい説明を聞いて、達也が小さく首を傾げる。

「彗星核の表面がタールのような不揮発性物質で完全にコーティングされていて尾が発生していない所為で観測が難しいと、スペースガードの協力者は言っていました」

「取り敢えず衝突の恐れは無いからパニックを引き起こさないよう情報が伏せられているということですか」

「いえ、それだけではないと思います」

「と言うと？」

「今申し上げた軌道データの算出が終わったのはつい先程です。これから公表するかしないか、公表するとしてもどのメディアを使ってどの程度まで事実を明らかにするかについて、議論しているのだと思います」

「なる程。我々にとっては、ちょうど良い」

藤林の推測に、達也はそう呟いた。

◇　◇　◇

藤林の報告を聞き終えた達也は、深夜であるにも拘わらずエアカーを操縦して巳焼島に飛んだ。車内には深雪とリーナが同乗している。達也は一人で行くつもりだったのだが、強硬に同

行を主張した深雪に押し切られてしまったのだ。なおリーナは深雪の巻き添えである。

達也の目的はターゲット彗星――達也は例の彗星のことをそう呼んでいる――を自分の「眼」で「視」認する為だ。魔法の行使に際して問題になるのは物理的な距離ではなく情報的な距離。とはいえ、情報的な距離は認識しにくさという面から物理的な距離の影響を受ける。確実にデモンストレーションを成功させる為には、本番前に対象を認識しておく必要があった。

それで、何故巳焼島なのか。

実を言えば、今夜の真の目的地は巳焼島ではなかった。

深雪と（ついでにリーナの）同行を最終的に認めたのも、それが理由だった。

六月二十一日、午前零時。

達也は気密が万全な飛行装甲服『フリードスーツ』を着込んで、巳焼島南西部の『仮想衛星エレベーター』の上に立っていた。

対地高度六千四百キロメートルを周回する大型宇宙ステーション――衛星軌道居住施設『高千穂』と地上を結ぶ仮想衛星エレベーターは巨大な疑似瞬間移動の刻印魔法陣だ。

刻印魔法陣は、魔法式に相当する情報を刻んだ回路に想子を流すだけで魔法が発動される物――というのが従来の理解だった。しかし事象干渉力の正体を突き止めた達也は、この解釈が不完全であることを知った。

刻印魔法を発動する際には想子だけでなく、事象干渉力を生み出す霊子波も想子に乗せて放たれていた。刻印により形成された回路を流れる想子が魔法式を形作り、霊子波がその魔法式を作動させていたのだ。

その理解を基に改良した刻印魔法陣だからこそ、六千四百キロメートルという長大な疑似瞬間移動が可能となっているのだった。

事象干渉力の正体を解明することで、達也は実母の魔法により後付けされた仮想魔法演算領域で発動する魔法の威力を普通の魔法のレベルにまで引き上げることに成功した。

しかし、元々特定の魔法に最適化された彼の事象干渉力――その正体である霊子波――は、逆に言えば他の魔法には最適化されないということでもある。生来彼が持つ魔法、『分解』と『再成』の魔法式以外に事象干渉力を注ぎ込んでも、効率の低下は避けられない。これが現状の、達也の限界だった。

それ故、彼には仮想衛星エレベーターの性能を十分に引き出すことができない。彼一人の力では今夜の目的地である、対地高度六千四百キロメートルの彼方に浮かぶ高千穂までたどり着けない。その為には深雪とリーナの力を借りる必要があった。これが「一緒に行きたい」という深雪のお強請りに折れざるを得なかった理由である。

もっとも、深雪とリーナがいなければ仮想衛星エレベーターを動かせないというわけではなかった。この刻印魔法陣の運転要員は巳焼島に常駐していて、彼らに頼めば問題無く高千穂へ

行ける。

また、深雪が最も上手く仮想衛星エレベーターを使いこなせるというわけでもない。疑似瞬間移動に限って言えば、深雪より亜夜子の方が上手だ。深雪の同行を——明日大学を自主休講することを含めて——許したのは、要するに達也が彼女を甘やかしているだけだった。

『こちら何時でも大丈夫です』

地上の通信施設を中継して宇宙の光宣から声が届く。今夜の予定に無かった訪問について高千穂の住人である光宣と水波に報せたのはわずか一時間前のことだが、急だったにも拘わらず二人とも達也の来訪を歓迎してくれた。どんなに愛し合った者同士でも、ずっと二人きりでは人恋しくなるものなのかもしれない。

「では、頼む」

刻印魔法陣の中央に立っている達也が、百メートル離れた魔法陣の外縁に控える深雪に通信機で話し掛けた。

『いってらっしゃいませ』

達也の声に応えて、丁寧にお辞儀をしながら深雪がそう言った直後。

彼の姿は、地上から消えた。

◇　◇　◇

約十秒後、達也は虚空に浮かぶ巨大な元潜水艦の前にいた。高千穂だ。この衛星軌道居住施設は達也が沈めた新ソ連の大型潜水艦を引き上げて宇宙用に改造した物だった。

『ひとまず中にお入りください』

ヘルメットに内蔵された通信機から光宣の声が聞こえてきたのと同時にエアロックが開いた。潜水艦だった当時はミサイル垂直発射装置があった場所だ。達也は飛行魔法を発動してエアロックに移動し、そこから高千穂の中に入った。

「いらっしゃいませ、達也さま」

エアロックの内扉の向こうには水波が待っていた。

水波の服装は達也たちと一緒に暮らしていた当時と変わっていない。黒のワンピースに白いエプロン。高千穂の居住区画は人工重力が効いているのでスカートでも支障はないだろう。だがもうメイドではないので、この格好に拘る必要も無いはずだ。

もしかして、光宣の趣味なのだろうか。

達也はこっそりそう思ったが、無論口にはしない。

彼女の案内で、達也は潜水艦の発令所を改造した情報センターに入室した。

コンソールに向かっていた光宣が立ち上がって達也を出迎える。

「ようこそ、達也さん。いただいたデータからターゲット彗星の特定は終わりました」

高千穂は元々潜水艦だったこともあり、多少の宇宙塵やスペースデブリは跳ね返す。とはいえ隕石や大型デブリの衝突に対してまで無傷というわけにはいかない。そうした脅威を避ける為、この情報センターには全天の観測データが集められている。自前の観測機器から得られたものだけでなく巳焼島から提供されたデータや、宇宙を飛び交う電波を傍受して得られたデータも、ここの電子頭脳で処理されていた。

「間違いないと思いますが、確認してください」

メインモニターには望遠鏡の映像が、サブモニターには種々のデータが表示されていた。ターゲット彗星はほとんど光を反射していないことが分かっている。それを観測する為、彗星に向けて高収束の赤外線レーザーを照射しているが、相手は三億キロメートルの彼方。光でも往復三十分以上掛かる距離だ。

それでも正確なトレースの成果で、望遠鏡は照射したビームの反射赤外線を捉えていた。メインモニターに映っているのは微かな点だ。だが視認できていることに違いはない。真空の宇宙だから光学的な観測ができるのだろう。たとえ赤外線であろうと、大気のある地上では反射光を直接に観測するなどできなかったに違いない。達也はこの事態を予測して態々ここまで来

たのだった。

「間違いない。サブモニターのデータを俺に転送してくれないか」

そう言いながら達也は、脱いでいたヘルメットを被り直した。

「ええ、構いませんが……」

光宣が訝しげな目を達也に向ける。

「外に出て、直接見てくる」

言外の質問にそう答えて、達也はエアロックに逆戻りした。

漆黒の宇宙空間。ただし、空虚ではない。左側には真夜中の地球。太陽の光は届いていないが、闇に覆い尽くされているわけでもない。街の灯りが星団のように煌めいている。

右側には本物の星々の輝き。地上で見る星と違い、不安定に瞬くことはない。遠く、小さな光でも、それは確かな存在を主張している。——あるいは、確かに存在していた過去を。

再び宇宙空間に出た達也は、観測データに従ってターゲット彗星があるはずのポイントに顔を向けた。ヘルメットのバイザーの設定を操作して、高千穂から照射している赤外線レーザーの反射光に周波数を合わせたフィルターを掛ける。

（あれか）

砂粒のように微小な光点がバイザーに表示された。光学的に加工されてはいるが、彗星が反

射している光が直接達也に届く。

彗星と達也の間に、情報的なパスがつながる。

そのパスを手掛かりにして、達也はターゲット彗星をエレメンタル・サイトで視認した。

（捉えた）

これで達也は、ターゲット彗星の情報体を何時でも観測可能になった。

午前一時、達也は光宣が発動した疑似瞬間移動で地上に帰還した。

巳焼島の仮想衛星エレベーターには深雪とリーナが待っていた。

「まさかずっと待っていたのか？」

さすがに驚きを隠せず達也が深雪に訊ねる。

「本当はそうしたいところでしたが、リーナに止められまして」

深雪が残念そうに答える。その横ではリーナが「当たり前じゃない」と呟いていた。

「その代わり水波ちゃんに、達也様がお戻りになる時間を事前に教えてくれるようお願いしました」

「だからか……」

　ターゲット彗星に情報的なマーキングを施して高千穂内部に戻った達也に、水波は少し寛いでいくよう熱心に勧めた。本当はすぐに戻りたかった達也だが、せっかく淹れてくれたお茶──ハーブティーだった──を断るのは薄情な気がして一杯だけご馳走になったのだ。あれは多分、深雪の為の時間稼ぎだったのだろう。

「どうしても達也様をお迎えしたかったのです。……ダメでしたか？」

「いや、ダメということはないが」

　ヘルメットを脱いだ達也が深雪に優しい眼差しを向ける。

「それでタツヤ。首尾はどうだったの？」

　ここでリーナが、やや強引に割り込んだ。甘い雰囲気に発展するのを、無意識に嫌ったのかもしれない。

「ターゲットは視認した。いつでも撃てる」

　リーナに目を向けた達也は、戦士の顔になっていた。

◇　◇　◇

　六月二十一日、月曜日。

　達也は昨晩から巳焼島に留まっている。言うまでもなく平日だが、深雪とリーナも一緒だっ

た。二人ともやはり、今日は大学を自主休講するようだ。

三人は島の北西部に四葉家が私有するビル群の一つにいた。このビルには四葉家の幹部が巳焼島に滞在する際の居室があり、島の管理、島内および周辺海域の監視、自衛の為の情報処理・通信施設（通称『指令室』）を収めたビルに隣接・一体化している。隣のビルには地下に魔法の研究施設もあるが、こちらは今のところ達也の個人研究室になっている。

現在、達也たち三人が腰を落ち着けているのは居室でも研究室でもなく指令室だ。来訪者は彼ら三人だけではない。いつもは専任のオペレーターが座っている通信機の前では藤林響子がコンソールに向かっていた。

「専務、回線の確保が完了しました。何時でも送信できます」

その藤林から達也に声が掛かる。

「分かりました。時間も良いようですし、送ってください」

会議卓の椅子に座ったまま、達也が応えを返した。

現在の時刻は午前十時半。深夜まで働いている部署であっても、仕事を始めている頃合いだ。もしかしたら会議中の者も外出中の者もいるかもしれないが、そういう者たちは都合の良い時間に聞けば良いだけだった。

「了解です。メッセージを送ります」

達也の指示を受けて、藤林は再生期限が十七時に設定された音声メッセージを送信した。

◇　◇　◇

午前十時四十分。防衛省は突如ファイアーウォールをまるで存在しないもののように、あっさり突破して送り込まれてきたメッセージに、右往左往していた。

現代の諜報界隈では見たり聞いたりするだけで精神にダメージを与えたり暗示をすり込んだりできる映像・音声が実用化されている。それ自体は通常の動画や音声だからウイルスとして弾かれることはない。その為、防衛省を始めとする中央官庁では、録画や録音ファイルの場合はいったん隔離して検閲、リアルタイム通信は有害性が認められた段階で遮断するシステムが運用されている。

それがあっさり突破された。しかも、その送信元がただ者ではなかった。

音声ファイルの送り主は、あの『司波達也』だった。

一切の検閲を受けなかった達也のメッセージを、事務次官や統合軍令部長（※統合幕僚長に相当）ばかりか、防衛大臣までもが聞いた。

省内で生じている混乱は、このメッセージにどう対処すべきか意見が纏まらないからだった。

達也に対して厳しい法的措置を主張する者もいたが、その意見はすぐに却下された。当該メッセージを不正アクセスと断定する証拠が無かったのだ。通信ログを見る限り、合法的な電子

メールでしかなかったのである。残されたログから判断すると、ファイアーウォールがメールを受信した瞬間、偶々機能不全を起こしたという結論になる。達也に都合が良すぎる偶然だが、このデータを覆す証拠は見付かりそうになかった。

それにメッセージの内容自体に犯罪性は無かった。ただ意味不明なだけである。

要約すれば「明日午前四時、日心黄道座標黄緯六十度から六十一度、黄経百二十一度から百二十三度の夜空を観測してください。ただし望遠鏡で直視すると失明の恐れがあります」というものだった。

午後一時、陸軍情報部では犬飼と恩田が部長の個室に呼ばれていた。

「犬飼副部長。司波達也が送り付けてきたメッセージに関する調査結果を報告してくれ」

「はい。まずメッセージそれ自体に不審な点は見付かりませんでした。マルウェアが仕込まれている形跡は無し、音声にも特別な加工の跡は見られません」

「うっかり再生した大臣が病院の世話になる、などという馬鹿げた事態は心配しなくても良さそうか」

吐き捨てるように部長が呟く。犬飼は生真面目な表情を崩さなかったが、恩田は微かな苦笑いを浮かべていた。

「メッセージの発信元は府中市の民家。司波達也が三年前の春まで住んでいた戸建て住宅で、

持ち主は司波龍郎。司波達也の婚約者の父親です」

部長の独り言には何も言及せず、犬飼が報告を続ける。

「表面上、後ろ暗いところは無し、と。ＩＰアドレスが改竄されてでもいたなら、それを理由に調査の手を入れられるのだが」

「真の発信元は違うと考えられますが、ご指摘のとおり違法性は見当たりません」

犬飼の相槌に、部長が眉間に皺を寄せた。

「他には？」

「以上です」

上司を不機嫌にしたまま終わるのは犬飼としても不本意だったが、報告できる情報が無いのだから仕方が無い。そもそも問題のメッセージが届いてから、まだ三時間程しか経っていないのだ。調査するにも時間が足りなさすぎる。

部長が失望を露わにしながら、犬飼から恩田に視線を移した。

「司波達也が指定した宙域には最近発見された彗星がありました」

無言のリクエストに応えて恩田が報告を始める。

「彗星？」

「正確には軌道計算が完了していない、彗星と推定される天体です。現在の計算では約一ヶ月後に百五十万キロメートルの距離で地球とすれ違う見込みです」

「百五十万キロメートルというと……月までの四倍か」

暗算で大まかな計算をした部長が眉を顰める。

「それは……かなり近くないか？」

「はい。彗星としては異例の近さだと専門家は言っていました」

「それが、一ヶ月後？　そんな物の情報が何故我々の許に回ってこんのだ！」

事態の深刻さを認識して、部長が声を荒げる。

「ご安心を。衝突の心配は、ほぼ無いとも言っていました」

「ゼロではないのだろう！　情報元は日本スペースガードか？」

「はい」

「あそこの研究員が情報を握り込んでいたのか⁉」

「いえ、そうではないようです。ほとんど光を反射していない天体である為、発見が遅れたと弁明していました」

「マスコミに知られてはいないだろうな⁉」

「すぐに口止めしておきました。向こうも重大性は十分理解しているようで、この彗星に関する情報については厳重な管理態勢を取っている模様です」

恩田の答えを聞いて、情報部部長の顔に浮かんでいた焦りがやや緩和される。

「もし一般市民に知られたら、パニックが発生しかねない。スペースガードだけでなくマスコ

ミにも目を光らせておいてくれ」

「お任せください」

部長の指示を、恩田は自信ありげに請け負った。

「ちょっと待ってください……」

それにケチを付けるつもりでもないのだろうが、犬飼が訝しげに声を上げた。

「司波達也がメッセージの中で指定した座標がその彗星に一致するということは、少なくとも司波達也の一党にはその情報が漏れているということではないでしょうか」

犬飼の指摘に、部長と恩田の顔が強張る。

「…………」

「…………」

恩田だけでなく、犬飼も沈黙したまま上司の顔色を窺っている。

「……ヤツは何をしようとしているのだ」

短い沈黙の後、部長が呻き声を絞り出した。

無論、と言うべきか、残念ながら答えは無かった。

◇◇◇

この日、深雪とリーナは結局東京に帰らず巳焼島に残った。

達也は明日未明のデモンストレーションをここの施設を使って行う予定だったから、深雪が帰ろうとしなかったのは当然と言える。そしてリーナは、渡米（帰国？）が近いにも拘わらずやはり深雪のお付き合いだ。

そういう経緯で三人は一緒に、巳焼島の別荘で早めの夕食を摂っていた。

「タツヤ、そろそろ教えてもらえない」

これはその席での、達也に向けたリーナの発言だ。――どうやら深雪はリーナにレクチャーするのを失念していたらしい。

「明日は具体的に何をするの？　マテリアル・バーストの本来の用途って何？」

リーナの問い掛けに、達也は少し面白がっている顔で箸を止めた。

「もう分かっているんじゃないか？」

からかうように、試すように、達也が問い返す。

「アナタの口から聞きたいの」

意外なことに、リーナは挑発に乗らなかった。

「リーナ、魔法の本来の用途は何だと思う？」

しかしここであっさり答える程、達也は性格が良くない。

「例えば君のヘビィ・メタル・バーストは、何の為にある魔法だと考えている？」

「何の為にって……魔法の存在意義のこと？」

「そうだ」

思い掛けない質問に面食らった顔でリーナが考え込む。

「……分からないわ。魔法に存在意義なんてあるの？　あるのだとしたら、誰が決めているの？」

リーナが白旗を揚げる。

その答えに対して、達也は「そのとおり」と満足げに頷いた。

「えっ？　どういうこと」

「魔法の本来の目的、魔法の存在意義を誰が決めるのか。仮にそんな存在がいたとしても、俺たちには知る由も無いことだ。ならば自分の魔法の意義は、自分で決めなければならない。そうは思わないか？」

「えっ、ええ、そうね」

取り敢えず頷いたリーナだが、彼女は明らかに、話について行けていなかった。

「話を戻そう」

そんなリーナの様子に、これ以上混乱させるのは悪いと達也は思ったのだろう。声から面白がっている雰囲気が消えた。

「投入されるのが如何なる戦場であろうと、マテリアル・バーストは過剰戦力だと俺は考えている」

「……賛成ね」

話題がいきなり「戦争」に変わって、戸惑っていたリーナが真顔になった。

「だがこれも、俺の魔法には違いない。威力を恐れて封印するのではなく、積極的な使い途を見付け出すべきだと思った。本来の用途を自分で決める必要があると考えた」

「さっきの、魔法の存在意義の話ね？」

神妙な顔でリーナが問い返す。

彼女の横では、深雪が良く似た表情で達也の話に耳を傾けていた。

夕食がすっかり中断してしまっていたが、誰もそれを気にしていなかった。

「戦場では使えない。だからといって、生産的な目的、例えばエネルギー源として転用できるわけでもない。あの魔法は破壊的すぎる」

エネルギーは大きければ大きいほど良いというものではない。瞬間熱量が大きすぎると、それを利用しやすい出力に変換するのが事実上不可能になる。マテリアル・バーストはわずか百グラムの質量から一瞬で、約一世紀前の商用原子炉熱出力の七～八倍の熱量を発生させる。そ

んな熱量を受け止めることは、まず不可能だ。

「あの魔法を有効活用する為には、破壊力を破壊力のまま向ける対象が必要だ。破壊の為の破壊、破壊それ自体以外の目的で。だがそんな物は、地球上には無い」

リーナが何か言いたそうに口を開く。

しかし彼女の口から、声は出なかった。

「しかし地球の外、宇宙には、その破壊力を有効に利用できる途がある」

達也がいったん言葉を切ったのは、リーナだけでなく深雪も何か言いたそうにしていたからだ。だが彼が目を向けると、逆に深雪から眼差しで続きを促された。

「天体衝突災害の防止。地球に他の天体が衝突することで発生する災害は確率こそ低いものの、実際に起これば甚大な被害をもたらす」

「白亜紀末の大量絶滅を引き起こした小惑星みたいな?」

リーナがそう訊ね、

「それほど大規模なものでなくても、ツングースカ大爆発のような例もありますね」

深雪がそう付け加える。

達也は二人に頷いた。

「――この地上に破滅的な災害を引き起こす大型隕石や小惑星、彗星を宇宙空間で爆破し地球への衝突を回避する。それがマテリアル・バーストの、最も有益な使い途だと俺は考えた。そ

してこれを、マテリアル・バースト本来の使用目的と決めた」

「それをタツヤは、今回実証しようとしているのね」

リーナが納得顔でそう言い、

「天体衝突はどんなに確率が低くても決して無視できない、将来にわたるリスク。その解決策を示すことで、メイジアンの価値をマジョリティに示そうとなさっているのですよね？」

深雪が弾んだ声でそう訊ねた。

「そういう面もあるが、今回の主目的は別にある」

しかし達也は、深雪の言葉に頷かなかった。

「破局を避ける為にはメイジアンとマジョリティが、全地球的な規模で協力する必要がある。今回はそれを示すつもりだ」

「……わたしはまだ、達也様の深謀遠慮を理解できる域には至っていなかったようです」

達也の意図を理解しているというのが自分の誤解だったと深雪は知った。

だが彼女はそれを恥じるのではなく、むしろ誇らしげに受け止めた。

［6］威を示す

巳焼島の中枢機能が詰め込まれている四葉家のビルは、この島が重犯罪魔法師の刑事収容施設の用途に使われていた当時の監獄管理者施設を改装した八階建ての建物である。隣接する、やはり八階建ての元管理者居住用ビルと一体化しており、この双子ビルを纏めて、四葉家内部では『巳焼島支部』と呼ぶことが多い。なお前者の正式名称は『巳焼島管理ビル』、後者は『巳焼島第四ビル』だ。――ただし、第一ビル、第二ビル、第三ビルは存在しない。

六月二十二日、火曜日の午前三時。達也は管理ビルの最上階に立っていた。このフロアは壁と天井が全てプラネタリウムに似た（ただし客席は無い）ドーム型ディスプレイになっていて、地上でも宇宙でも臨場感溢れる映像を映し出す。本来の用途はバーチャルな観光旅行を楽しむレクリエーション施設だが、達也にとっては照準用モニターになる。同じビルにある指令室のメインモニターも同じ役目を果たすのだが、彼にはこちらの方が使い易かった。

手にしているのはライフル形態のCAD。かつての独立魔装大隊が作成した『サード・アイ』ではない。あれを元にして四葉家が独自に組み上げた、マテリアル・バーストに最適化した専用CADだ。四葉家内では『サード・アイⅡ』という捻りも工夫も無い名称で呼ばれている。「サードなのにセカンドとはこれ如何に」という拘りを示す者がいないでもなかったが、使用者である達也はまるで気にしていなかった。

今、ドーム型ディスプレイには宇宙が投影されている。地上から見た宇宙ではなく床を公転面に合わせて傾きを調整された星空だ。

ＣＡＤを高く掲げ光学スコープに似た照準装置をのぞき込む。そこには投映中の星空に連動した星の拡大映像と十字線のレティクル、日心黄道座標の黄緯と黄経が表示されていた。

達也はＣＡＤの角度を微調整して黄緯六十一度、黄経百二十二度に合わせた。同時にエレメンタル・サイトを使ってターゲット彗星を「視」認する。

照準装置のスクリーンにはターゲット彗星が小さな点として映っていたが、十字線の交点からはわずかにずれている。彼はＣＡＤの角度を微調整して照準を合わせると、いったんＣＡＤを下ろした。

「現在時刻は？」

「三時二十一分でございます」

達也の質問に答えたのは背後の壁際に控えていた達也の個人執事、花菱兵庫。

「達也様、一休みなさいませんか？」

そしてこれは、持ち込ませた丸テーブルに淹れ立てのコーヒーを並べた深雪のセリフだ。

「そうだな。ご馳走になろう」

決行時刻まで、二十分と少し。動作テストが順調に終わった為、時間にやや余裕がある。達也はいったん緊張を解くことにした。

達也がテーブルに歩み寄り、途中で『サード・アイII』を兵庫に預ける。彼が席に着くと、深雪がその左隣に座った。

カップを持ち上げる達也を、深雪は両手を膝においた上品な姿勢で微笑みを浮かべて見詰める。

「まだ始まってないわよね⁉」

そこへ、このセリフと共にリーナが駆け込んできた。

「大丈夫よ。まだ予定時刻の前だから」

深雪が顔の向きを達也に固定したまま答える。

「眠いなら無理をしなくても良いんだぞ」

達也はカップから口を離し、リーナに目を向けてそう告げた。

「イヤよ。こんな一大イベントを見逃せるものですか」

そう言いながらリーナは深雪の向かい側に座り、「コーヒー、余ってる？」と訊ねた。

「どうぞ、理奈お嬢様」

兵庫がリーナの前にソーサーに乗せたカップを置き、深雪とは別に用意していたポットからコーヒーを注ぐ。「理奈」というのはリーナの、現在の正式な名前だ。

「ミルクはお使いになりますか？」

「自分で入れるわ」

リーナの返答に、兵庫は白い陶器のミルクピッチャーを彼女の前に置いた。

「あれ、ＣＡＤ？」

ミルクをたっぷり入れたコーヒーを喉に流し込んで眠気を追い払ったリーナが、ライフルスタンドに立て掛けた「サード・アイⅡ」を見ながら訊ねる。

「ええ。達也様専用、マテリアル・バースト専用のＣＡＤよ」

「あの魔法を使うのは『灼熱のハロウィン』以来なんでしょう？　ＣＡＤの動作テストは……アナタに限って、抜かりがあるはずないか」

「五年ぶりじゃないぞ。試し撃ちは済ませてある」

達也の言葉に、リーナはギョッとした顔で目を見開いた。

「えっ、何時⁉」

「何億キロも離れた天体の狙撃に予行練習無しで挑むはずがないだろう」

「そ、そうね」

達也の回答は具体的なものではなかったが、リーナを納得させるには十分だった。

「……変わったことといえば、最近、ほのかの様子が少し変なんです。呪詛を受けているようでもないのですが」

「そういえば何だかちぐはぐと言うか、上っ面な感じがあるわね」

待ち時間を埋める為の雑談に最近の大学の様子を深雪とリーナから聞いていた達也は、思い掛けない話に眉を顰めた。

「上っ面という表現はともかく、わたしもリーナと似たような印象を受けることがしばしばあります。言葉や振る舞いに本音が感じられないと申しますか……」

これはもしかしたら、ただごとでは済まないかもしれない。達也はそう思ったのだが、

「達也様。お時間でございます」

今は、じっくり考えている時間的な余裕が無かった。予定時刻の到来を告げた兵庫に頷いて、達也はすっくと立ち上がった。

「達也様、申し訳ございません！　大事の前にお心を乱すような話題を……」

深雪が慌てて達也に謝罪する。

「いや。その話はまた後で改めて聞かせてもらう」

しかし達也はもう、意識を完全に切り替えていた。ほのかの件は彼の意識から完全に切り離され、これから行うデモンストレーションに精神を集中していた。――薄情かもしれないが、良くも悪くもこれが司波達也という人間だ。

マテリアル・バースト専用ＣＡＤ『サード・アイⅡ』を兵庫から受け取った達也は、部屋の中央で立ち止まり構えを取った。

時刻は午前三時四十三分。

ターゲット彗星までの物理的な距離はおよそ三億キロメートル、一千光秒だから、彗星に生じた変化を地球で観測できるのは約十六分四十秒後になる。

それ故、午前四時に観測させる為に、決行時刻は午前三時四十三分二十秒に設定されていた。

「達也様。カウントダウンは如何致しましょうか」

CADを高く掲げた達也に兵庫が訊ねる。

「十秒前からお願いします」

達也はそう答えて、光学スコープに似た照準装置をのぞき込んだ。

CADの「銃口」がスウーッと動いてピタリと止まる。

その状態で十数秒が経過する。

達也は彫像と化したように動かない。

「十、九、八、七……」

そして、カウントダウンが始まる。

達也は依然として、微動だにしない。

「……三、二、一」

「一」で達也は、引き金を引いた。

銃の形態を取るCADの引き金は起動式出力の為のスイッチだ。引き金を引けば魔法が飛び出すというものではない。

標的までの距離三億キロメートルの、超破壊力を生み出す質量エネルギー変換魔法。

マテリアル・バーストの魔法式を達也はじっくり一秒の時間を掛けて構築し、ターゲットの彗星表面に放った。

魔法は物理的な距離に左右されず瞬間的に作用する。魔法学的に厳密な表現を用いるなら、魔法は時間の外で作用する。

達也が放ったマテリアル・バーストは光より速く、否、速度という概念を超越して、平均直径二十キロメートルの歪な球形をした彗星の、表面積の一割、深さ十メートルまでの「タール」を、純粋なエネルギーに変えた。

光が放出されたのではない。反物質反応の場合は正物質・反物質が光子とニュートリノに変わる。反物質反応で生み出されるエネルギーの正体は高エネルギーの光子、つまりガンマ線だ。

これに対して達也のマテリアル・バーストは物質をエネルギーのみに変換する。消滅した物質に隣接していた物質へ、質量を変換して生み出されたエネルギーが伝わり、隣接物質の分子間結合が切れ分子が原子に、原子が電子と原子核に分断され、その結果発生したプラズマに巨大な運動エネルギーを与える。また部分的に、原子核の分解、中性子の崩壊まで引き起こす。

マテリアル・バーストの発動により観測される破壊の力は、そのほとんどが隣接する物質が変化したプラズマの運動エネルギーだ。このプラズマの衝突によって外側の物質が高熱を帯び、さらに破壊を広げていく。こうして巨大な爆発が出現する。

この現象が天体表面で起こったらどうなるか。

爆発の反作用により、天体は着弾した面と反対方向に大きな推力を与えられることになる。

つまり、軌道が大きく変わる。天体が爆発に耐えられなかったならば、砕け散った破片が着弾面の逆方向へ飛び散っていく。

マテリアル・バーストを受けた天体は、それまでの軌道から弾(はじ)き飛(と)ばされ、吹き飛ばされるのだ。

防衛省ではまだ日出(にっしゅつ)前にも拘(かか)わらず、事務次官、統合軍令部長以下、背広組と制服組双方の幹部が大型モニターを備えた会議室に集まっていた。——なお防衛大臣の古沢(ふるさわ)は来ていない。

そのモニターは日本最大の天文台とラインをつなぎ、黄緯(こうい)六十度、黄経(こうけい)百二十二度を中心とするリアルタイムの星空が最大倍率で映し出されている。

全員が大型モニターを無言で見詰める中。

その隅にデジタル表示された時刻が午前四時に近付くにつれて、室内の空気が緊迫していく。

「一体何が起こるというのですか……」

息苦しい雰囲気に耐えかねたのか、背広組トップの事務次官が呟(つぶや)きを漏らす。

「間もなくです、次官」

制服組トップの統合軍令部長がその独り言に反応したのは、彼もまたプレッシャーを少しでも和らげたかったからだろうか。

それ以上の、独り言の交換は無かった。

再び、重苦しい沈黙と張り詰めた空気が会議室を満たす。

そして、午前四時。

「何だ……？　何が起こった？」

その言葉を漏らしたのが誰なのか認識するより先に、全員が共感を覚えていた。

◇　◇　◇

マテリアル・バーストを発動した後、達也たち四人（達也、深雪、リーナ、兵庫）は指令室に移動した。

そこで、結果が観測されるのを待つ。

午前四時。オペレーターが興奮した声を上げた。

「ターゲット彗星表面に高エネルギー反応を確認！　軌道の変化が確認されるまでしばらくお待ちください」

そして、その十五分後。

「ターゲット彗星の崩壊、および破片の軌道を確認。彗星の破片は全て太陽系の外側へ流れています。なお崩壊の原因は、彗星を構成していた氷の大半が蒸発した為と推測されます」

オペレーターの抑制が効いた報告に、達也は「ご苦労だった」と労いを返した。

そして深雪たちへ振り返り、

「聞いたとおりだ。ほぼ計算どおりの結果が得られた」

こう言って、口元を緩めた。

――何が起こった？

統合軍令部長が口にしたこの疑問に回答が与えられたのは、三十分後のことだった。

「失礼します。日本スペースガードより提供のあったデータの検証が完了しました」

「続けなさい」

事務次官の指示を受け、報告書を持ってきた恩田課長がそれを読み上げる。

「地球に接近中だった軌道未確定の彗星と推定される直径二十キロの天体は、その表面に発生した高熱により質量の大半が蒸発し崩壊。破片は太陽系外縁方向へ飛散した模様です」

「高熱……？　何ですか、それは」

「その正体および原因に関する推測は記されておりません。現時点では不明なのだと思われます。報告は以上です」

「──恩田課長」

事務次官にも統合軍令部長にも取り敢えず発言する様子が無いのを見計らって、参謀本部長の明山が恩田に話し掛けた。

「結論としては、地球に甚大な被害を及ぼす可能性があった彗星らしき天体が破壊され、衝突による破局のリスクは消滅したということで良いだろうか」

「はい、本部長。私もそう解釈するのが最も妥当と考えます」

「そしてこの件には、例の司波達也が関与している。……いや、遠回しな言い方は止めよう。司波達也が戦略級魔法で天体を太陽系外へ向けて吹き飛ばした、ということだろうか」

「ここまでの経緯を鑑みるに、その可能性が最も高いと思われます」

恩田の回答は、いきなり歯切れの悪いものになった。その口調から、彼も自分が口にしたことを信じ難い、否、受け容れがたいと感じているのが分かった。

「三億キロメートル彼方の、直径二十キロの天体を砕く？　吹き飛ばす？」

声をわななかせたのは背広組幹部の一人、政策局長だ。

「……まるで神か悪魔の所業ではないか。その魔法師は本当に人間なのか？」

答えは無かった。会議室は、しんと静まりかえっていた。

彗星を爆破した後、達也は仮眠を取った。

アラームが鳴る前に目を覚まし、ベッドサイドのテーブルに置いた時計を手に取る。

時刻は午前八時四十分。仮眠のつもりが三時間も眠ってしまったようだ。まあ、寝過ごした時の用心に、どうしても起きなければならない時間にセットしたアラームはまだ鳴っていないのだから失態とは言えないだろう。

疲れていたのか、気が緩んだのか。達也は人間的な自分に、微かな苦笑いを漏らした。

彼がすぐに起き上がらなかったのは、左腕が自由にならなかったからだ。

首を捻って左を向く。

そこでは深雪が彼の左腕を両手と胸で抱え込んで、幸せそうに寝息を立てていた。

二人が一緒のベッドで眠るのは、珍しいことではない。それで夜の営みに至らないのは、兄妹として過ごした時間が長かったからだろう。

アラームが鳴るまで寝かせておくか。――微かに微笑む幸せそうな深雪の寝顔を見て、達也はそう考えた。

「う……んっ」

しかし眠っていても、深雪が達也の視線に気付かないはずはない。

彼が「寝かせておく」と考えた直後、深雪の長い睫毛が震えその瞼が滑らかに開いた。

「おはようございます、達也様」

深雪が達也の腕を抱いたまま、幸せそうに笑う。

そして彼女は名残惜しそうに達也の左腕を解放し、彼より先に身体を起こした。

「朝食は召し上がりますか？」

未明の彗星爆破は、徹夜で臨んだのではない。昨晩は午後九時に就寝して午前二時に起きた。それからあのミッションに挑んだのだ。

起きてすぐに朝食ならぬ軽い夜食を摂っている。だがそれは、真夜中ということもあって量的には控えめだった。

「軽めで頼む」

「かしこまりました」

床に足を下ろした深雪が、ベッドの上で起き上がった達也に向かって丁寧にお辞儀をした。

達也が次の行動を起こしたのは十一時だった。これは明け方まで付き合わせた相手がそろそろ仕事を始めている頃だろうという判断から決めた時間だ。

「つないでください」

彼は藤林に命じて、参謀本部長への直通回線に電話を掛けた。

国防軍統合軍令部参謀本部、本部長室。

この部屋の主である明山本部長は直通回線電話のコールサインに、訝しげに眉を顰めた。

彼は今日の未明から一睡もしていない。

あの戦慄の彗星爆破をどう評価し、どう対応するべきかについて考えを纏める為、彼は部屋にこもっていた。その邪魔をされたくないので、秘書役の副官には来客を断り電話も一切つながないように指示していたはずだ。

明山は疑念に満たされながら、電話の受話ボタンを押した。

自分からは話さず、スピーカーに耳を傾ける。無論、催眠暗示音声に対するセキュリティは万全だ。その成分が検知された瞬間、通話は自動的に遮断される仕組みになっている。

『失礼します、明山閣下。私は司波達也と申します』

だがその声を聞き、明山は別の危機感に駆られて椅子から跳び上がり掛けた。

『ただ今、お時間はよろしいでしょうか』

「あ、ああ、構わない」

明山は動揺を無理矢理ねじ伏せて電話の声に応えた。この直通回線に一体どうやって接続したのか問い詰めたいところだったが、今は棚上げだ。頭を悩ませている相手が、向こうの方からコンタクトしてきたのだ。訊きたいことは他にあった。

『ありがとうございます。今朝の実験は、見ていただけましたか？』

「——見せてもらった」

明山は自分の声が掠れているのを自覚した。

続きを口にする前に、彼は一つ咳払いをした。

「……あれは一体、どういうつもりだ？」

『どういうつもり、とは？』

「何が目的だ？」

『そうですね。直接の目的は天体衝突災害防止の実証実験です。御覧になったとおり、破局的災害をもたらす地球近傍天体の衝突は魔法で回避できます』

「魔法の有益性を示すデモンストレーションだったと言うのかね」

『少し違います。いささか長話になりますがよろしいでしょうか』

「構わん。説明してくれたまえ」

そう言いながら明山は今更のように、録音ランプの点灯を目で確かめた。

『結論から申し上げますと魔法技術と科学技術の連携。その有効性をお示しする為の実験でした』

「科学技術？」

『自然科学技術と申し上げた方が正確でしょうか。今回のケースでは天文学ですね。閣下は魔法技術についてお詳しいと思いますので、魔法発動プロセスに関する細かな理屈は省略します』

達也のセリフは、お世辞ではない。明山自身は魔法技能を有していないが、彼は国防軍幹部の中でも親魔法師派の軍人として知られていた。

『ここで申し上げたいのは、標的の存在を認識できなければどんな魔法も役に立たないということです』

「当たり前ではないか」と明山は言い掛けて思い止まった。

「……危険な天体も発見できなければ対処しようが無いということか？」

『仰るとおりです。今回の彗星は、設備と観測態勢が整った天文台でなければ発見が難しいものでした。市販の望遠鏡で発見可能な距離まで近付いてからだと、破片を回避できなくなってしまう可能性があります』

「……それで？」

『仮に危険な天体が日本から観測できない南天から接近する物だった場合、今のままでは、私

には対処不能です』

「何故だ？　天文座標と映像データさえあれば、狙いは付けられるのではないか？」

『地球上、いえ、月軌道程度までなら座標と映像だけで爆破も可能ですが……』

明山の背筋がブルッと震える。データだけで地球上何処でも爆撃可能。明山はそれを、情報としては知っていた。だが改めて本人の口から聞くと、足下から這い上がり身体に絡みつく戦慄を振るい落とせなかった。

『何百万、何千万キロの彼方ですと、確実を期す為には自分で直接天文台に出向いて観測する必要があります』

達也のこのセリフには誇張がある。本当はデータだけでも情報的なパスをつなぐことは可能だ。ただ自分で観測した方が確実というのは、嘘ではなかった。

『魔法が魔法師の認識に依存するものである以上、これは私だけの限界ではなく将来にわたる魔法の制約条件と言えるでしょう』

「メイジスト」という単語は聞き慣れなかったが、明山は質問する直前に、それが「魔法師」を指す、達也が新しく使い始めた名称だと自力で思い出した。

「要するに君が言いたいのは、将来にわたり天体衝突災害の回避に魔法を利用したいのならば魔法師が世界中の天文台を自由に利用できなければならない、ということか？」

『天体衝突の回避だけではありません。魔法は魔法師ごとに得意とする分野が明確に分かれる

技能です。様々な災害発生のリスクと被害の大きさを魔法で抑えることを目指すのであれば、それに適した魔法師（メイジスト）が求められる場所に、自由に移動できるようにならなければなりません』

「…………」

反論しなければ、と明山（あきやま）は感じた。しかしその為（ため）の言葉が、脳裏に浮かばなかった。

『さもなくば、防げたはずの破局（カタストロフィ）で救えたはずの多数の人命が失われることになるでしょう。魔法を破壊と殺戮（さつりく）の道具に止（とど）めるのではなく、人類社会の繁栄と存続に役立てる為（ため）には、魔法と科学の世界的な、自由な連携が必須です』

達也（たつや）はここでいったんセリフを切って、

『なお私は当然、魔法が繁栄と存続に貢献する未来を望みます』

一呼吸置いてから、こう付け加えた。

「それは……魔法師（メイジスト）に移動の自由を認めろという要求か？」

『本部長閣下。魔法師（メイジスト）であろうとそうでなかろうと、国民には移動の自由が認められています。既に有している自由を何故（なぜ）要求する必要があるのでしょうか。私は人類社会の未来の話をしているのです』

「…………」

『日本に落下する隕石（いんせき）の情報が魔法師（メイジスト）に伝わらず、迎撃し損なったなどという事態が起こらなければ良いと私は願っています』

「そうか……」

『はい。それでは閣下、お時間をいただき、ありがとうございました。失礼します』

明山はしばらく沈黙したスピーカーを無言で見詰めていた。

昨日までは気にしていなかった、自分の頭上に隕石が落ちてくるというリスク。

確実に訪れる、避け得ないの己の死。――普通ならば。今までどおりの世の中ならば。

しかし、司波達也の魔法があれば、避けられる破局。

魔法師の権利を蔑ろにするなら、東京に隕石が落ちてきても傍観する――明山は達也に、そう言われたように感じていた。

二十二日の午後、防衛省では古沢防衛大臣にも出席させて、緊急幹部会議が開かれた。

そこで明山参謀本部長は達也と電話会談した内容を開示し、魔法師との協力関係がこれまで以上に重要になったと熱弁した。

魔法師の出国制限については古沢が「そんな法令は無かったのではないか」と発言、表面的な合法性のみを論点にしたこの若手大臣の一声で、真由美と遼介に対する陸軍情報部の渡米妨害工作は中止ですらなく、最初から無かったことにされた。――古沢大臣の発言の背後には、七草弘一との面会で刻み付けられた危機感があった。結果論だが、古沢に弘一を説得させようとした犬飼の目論見は裏目に出たのだ。

［7］けじめ

達也たちが調布のマンションに戻ってきたのは、二十二日午後六時のことだった。

深雪は次期四葉家当主、達也は恒星炉プラント運営会社の社長。防衛省向けのデモンストレーション以外にも、巳焼島で処理しなければならない仕事は多かった。それらが一段落付いた時には、日没が迫っていた。

達也はともかく深雪は心情的にもう一日巳焼島に泊まっていきたかったのだが、既に大学を二日続けてサボっている。しかもそれは、仕事が理由とも言えない。達也はメイジアン・カンパニーの目的の為と言えなくもないが、深雪は達也の付き添いでリーナは深雪のお付き合いだ。これ以上の欠席は学業的に許されない——のではなく、達也が許さなかった。

調布の四葉家東京本部ビル。その最上階の自宅に着いてすぐ、具体的には五分後。達也は文弥と亜夜子から訪問許可を求める電話を受けた。

達也が二人に会ったのは、三階のレストランだった。今から食事の支度をするのは深雪の負担が大きいと考えた達也が五人分の予約を取ったのである。

このレストランには改装の結果、六部屋の個室が用意されていて、食事をしながら秘密の話ができるようになっている。利用客は四葉家の関係者だけだ。

その中で最も高級な、言い換えれば最もセキュリティ堅固な個室で、達也、深雪、リーナ、文弥、亜夜子は一つのテーブルを囲んだ。席の配置は達也の隣に深雪、向かい側に文弥。深雪の隣にリーナ、向かい側に亜夜子。

「達也さん、お疲れ様でした」

ルージュを引き爪を黒いマニキュアで染めた文弥が——マニキュアは男性がしていても珍しくないユニセックスなものだ——第一声で達也を労った。

「ありがとう。文弥と亜夜子も頑張ってくれているみたいだな」

達也は古式魔法師の名門で百家最強とも謳われる十六夜家の一員、具体的には当主の弟、十六夜調の監視を文弥たちに依頼していた。その内容が呪術を使っていないかどうかの監視なので、単に外出を見張るより負担が大きな二十四時間体制だったはずだ。

もちろん二人だけで監視に当たっていたはずもなく、むしろ黒羽家の部下がメインとなっていると思われる。だがこの仕事は四葉家当主から黒羽家当主に命じられたものではなく達也が二人に依頼したものだ。部下の指揮と管理は依頼を受けた文弥と亜夜子に任せられているに違いない。精神的な負担は一人でずっと貼り付いているより大きいと推測される。

「それはもう。達也さんがわたくしたちを信頼してお任せくださったお仕事ですから」

メイクとドレスで完全武装の亜夜子が、達也に艶然と微笑みながら答えた。幾ら文弥が美女に見えるとはいっても、彼には決して醸し出せないゾッとするような色気が亜夜子にはある。

既婚男性に向かってこれをやると、家庭崩壊につながるかもしれない。未婚者であっても、その男性が独り身でなければ恋人や婚約者との関係にひびが入りかねない。相手が達也だから亜夜子もここまで悪乗りできるのだった。

「だが無理はするなよ」

達也は亜夜子の秋波をあっさりスルーした。

文弥が一瞬、顔を強張らせたのは失笑を堪えたからだろう。ここで笑ってしまっては、姉の機嫌を損ねると考えたに違いない。

「今のところ、十六夜調にそれらしい動きはありません」

文弥は殊更に生真面目な表情を作って達也に話し掛けることで脱線を未然に防いだ。

「そうか。師匠の話によれば今回の件は比叡山、いや、天台密教系の破戒僧が呪詛を請け負っている。十六夜調が関わってくる可能性は低かった。俺の方は一段落したことだし、今日までに依頼を受けた形跡がないなら監視は解いてもらっても構わない」

元々十六夜調の監視は、達也が政府と軍に向けたデモンストレーションでそっちまで手が回らないから、という理由で文弥たちに依頼したものだ。今はその彗星爆破が成功裏に終わって国防軍の出方を待っている状態。達也が自分で十六夜調を見張ることが可能になっている。

「いえ、まだ三日ですから。もうしばらく続けてみます」

しかし文弥は、続行を主張した。

「これを機に十六夜調のことを詳しく調べておきたいですから」

文弥は先日、進人類戦線のリーダーを追跡した際に十六夜調の魔法に手を焼かされた記憶から、彼を要注意人物と見做しているようだ。

そういうことなら、達也としても依頼を取り下げる必要性を覚えない。

「それならば、引き続きよろしく頼む」

その後は、魔法大学の日常を肴にした和やかなアルコール有りのディナーへと移行した。

達也の交友関係にある女性に呪詛を掛けて精神的な圧迫を加えるという陸軍情報部の卑劣な作戦は、防衛大臣の深く考えて、い、な、い、鶴の一声で中止になった。

ただこのミッションは元老院四大老という陰の権力者の後押しを受けたものだ。いや、そもそもの発案者が四大老・樫和主鷹だったと言って良い。そういう事情を知らない――それどころか元老院の存在自体を知らない――若手大臣は気楽に中止を命じられるが、この件に最初から関わっている人間は「はい、止めます」だけでは終われなかった。

陸軍情報部副部長の一人――副部長は一人だけではなかった――犬飼は事情説明と謝罪の為、樫和主鷹に面会を願い出た。

『態々謝りに来るまでもない、と先生は仰せです』

犬飼は作戦中止が決まったその日の内に、樫和の代理人である弁護士事務所に直接足を運び、面会を懇願する書状を手渡した。そして翌日、その弁護士から掛かってきた電話の第一声がこれだった。

「しかしそれでは私だけでなく西苑寺の気が済みません！　何卒ご再考いただけますようお伝え願えませんか⁉」

犬飼は元陸軍大将・西苑寺の名前を出して食い下がった。元老院の権力を知っている犬飼にとって、四大老の拒絶は死刑宣告に等しく聞こえるものだった。

『気が済まない、ですか。先生は「気にしなくても良い」と仰っているのですが、理解できませんか？』

しかし代理人の態度は予想を超えて冷淡だった。

『貴方のお立場を先生は理解されておられます。どのような経緯があったとしても組織のトップである大臣の決定には従うのが賢い処世術というものです』

犬飼はその言葉を額面どおりには受け取らなかった。

「自分より大臣の言葉に従うのか」という樫和の問い掛けが、幻聴とは思えないリアリティを伴って犬飼の耳には聞こえていた。

　弁護士との電話を終えた後、犬飼は全ての仕事をキャンセルして、樫和の紹介状を使って呪詛を依頼した元密教僧に会いに行った。

　元、というのは、その呪術師がとうに破門されているからである。まともな宗教組織なら、技術として、あるいは対抗手段として呪術を学ぶことは許容されても、他人を害する為に、しかも営利目的で呪術を行使しようとする者を認めはしない。それは長い歴史の中で裏の顔を持たざるを得なかった寺社でも同じだ。破門は当然の措置だった。

　しかしその一方で、呪詛に対するニーズがあるのもまた事実。歴史的な事実ではなく現実だ。そのニーズに応える為、呪術師は隠され、匿われている。知覚と認識をねじ曲げる魔法によって隠匿されている。

　だから本物の――本当に力がある呪術師は陸軍情報部の調査力を以てしても接触が難しい。依頼を受けさせるのはもっと難しい。樫和の紹介状が必要だった理由だ。

　そして、紹介状を使って仕事を依頼した以上、キャンセルする際には紹介主の面子を潰さないよう礼を尽くす必要がある。電話一本で「キャンセルします」というわけには行かない。下手を打てば紹介状を書いた人間の不興を買う恐れがある。権力者の伝手には、そういうコストとリスクがあった。

　犬飼は、迷っていた。組織の決定に従うなら、この依頼はキャンセルしなければならない。

しかしここでキャンセルしたら、元老院の実力者に自分が睨まれることにならないだろうか。

代理人はキャンセルしても構わないと言っていた。それでも樫和は気にしないと。

犬飼はその言葉を、信じられなかった。

自分は試されている。――その思いが彼の脳裏にへばりついて離れなかった。

たかが防衛大臣と、元老院四大老のどちらを恐れるのか、と。

そう問われている気がしてならなかったのだ。

犬飼の心がようやく決まったのは、呪術師が隠れている庵の戸を叩いた直後のことだった。


その呪術師の名前を犬飼は知らない。紹介状には庵の場所しか記されていなかったし、本人も「一介の法師」としか名乗らなかった。破門されているのだから既に「僧」ではないが、「法師」には「僧形の俗人」の意味もある。それを考えれば適切な自称だ。犬飼は彼のことを本人の自称に従い「法師殿」と呼んでいた。

「犬飼さん、本日はどのような御用件でしょうか？」

座敷で向かい合わせに座った呪術師が犬飼に訊ねる。二人とも畳に直接座っている。座布団も座卓も無い。お茶も出されていない。

「法師殿。依頼した件は、現状どうなっていますか？」

「催促に来られたのですか？　準備には時間が掛かると申し上げたはずですが」

「ですから進捗状況をうかがっています」

「媒介物が写真と名前だけではね……」

呪術には術者と被術者を媒介するものが必要だ。被術者との関係が深ければ深いほど媒介物としての効果は高い。特に呪術の目的が被術者の肉体に干渉することにあるなら、媒介物は被術者の肉体の一部であることが望ましい。ポピュラーなものでは髪や爪。鮮血は極めて効果が高く、乾いた血でも媒介物としての機能を果たす。

写真も名前も十分呪術の媒介物になり得るが、目的が標的の肉体の変調にある以上、術者としてはやはり髪や爪が欲しいところだった。

「……ですがご安心ください。ようやく準備が調いました。今夜から始められます」

「そうですか」

犬飼(いぬかい)の口調は、進捗を喜んでいるとは言い切れないものだった。

「……このまま進めて良いのですよね?」

微妙な歯切れの悪さを敏感に感じ取った呪術師が犬飼(いぬかい)に念を押す。

「無論です。早速始めてください」

自ら退路を断つ悲愴(ひそう)感が犬飼(いぬかい)の顔を過(よぎ)っていた。

◇◇◇

幹比古が異変を察知したのは二十四日午前二時のことだった。

(草木も眠る丑三つ時……。随分伝統的と言うか、お約束どおりだな)

もっとも、この時間に衣装を調え護摩壇に火を焼べその前に座している幹比古も他人のことは言えないかもしれない。この時間に呪術攻撃があると、予測していたということだから。

幹比古の家——吉田家は、余所の魔法師からは神道系と見られることが多い。そういう彼らから見れば、幹比古が護摩壇の前に座っている姿はいささか奇妙に映るかもしれない。神仏習合が日本の伝統とはいえ、護摩行は仏教の修法だ。幹比古が前にしている護摩壇は明らかに、密教の作法に従っている。

しかし違和感を覚えるとすれば、それは吉田家の魔法を誤解しているからだ。吉田家は宗教・宗派を問わず、いや、宗教かどうかすら関係無く様々な魔法を貪欲に吸収して一つの魔法体系を作り上げた。その中で最も大きな比重を占めていたのが神道系の魔法だったに過ぎない。

つまり護摩行による呪詛対策も、借り物ではない吉田家の魔法の一つ。

(そして狙いはやはり、柴田さんとエリカか……)

美月とエリカは先日から幹比古の家に泊まっている。達也の警告を受けて、弟子用の女子寮

に保護していた。だから呪詛をすぐに察知できたのである。

(許せないな。柴田さんを狙うなんて、絶対に許せない)

「ノウマク・サマンダ・ボダナン・アギャナウエイ・ソワカ」

幹比古が唱えたのは火天アグニの真言。

「オン・シュリ・マリ・ママリ・マリ・シュリ・ソワカ」

次に、浄火で不浄を清めると言われ天台密教で五大明王に数えられる烏枢沙摩明王の真言を唱える。呪術師が台密の流れを汲む古式魔法師と聞いて選んだ呪詛対策の魔法だ。

正式に密教を修行した高僧が見れば、眉を顰めるか失笑を漏らすに違いない継ぎ接ぎな術式。だが幹比古は、吉田家はそんなことを気にはしない。ただ実効性のみを重んじるのが彼らの流儀だ。

護摩壇の炎が一際激しく燃え上がる。

幹比古はすかさず炎の中へ、裏に呪符を刻んだ小さな銅鏡——青銅鏡ではない——を投げ入れた。

「かけまくもかしこき　いざなぎのおほかみ　つくしのひむかのたちばなのをどのあはぎはらに　みそぎはらへたまひしときに……」

そして今度は祝詞を唱える。

護摩壇の温度は、銅の融点一千度には遠く及ばない。

にも拘わらず銅鏡の呪符は炎の中で、瞬く間に姿を消した。

それと時を同じくして、首都圏外縁の粗末な庵に隠れ住む呪術師が苦鳴と共に昏倒した。

ただその者は、気を失っただけで死んではいなかった。

◇　◇　◇

六月二十四日、国立魔法大学キャンパス。

「深雪、リーナ」

午前の講義が終わり、学生食堂に向かっていた深雪とリーナに背後から声が掛かる。

「あら、エリカ」

振り向いた二人にエリカが軽く手を振って駆け寄った。

「今からお昼でしょ？　ご一緒しても良い？」

「ええ、良いわよ」

最近は余り話す機会が無かったとはいえ高一の頃からの友人だ。深雪に拒む理由は無かった。

「ワタシも構わないわ」

リーナも頷き、三人は一塊になって学食へ向かった。

三人は一つのテーブルを囲み、当たり障りの無い雑談を交わしながら箸を動かす。

「……ところでエリカ。何か話したいことがあったんじゃないの？」

そしてランチが終盤に近付いたところで、リーナがエリカにこう訊ねた。

「あれっ、分かっちゃったか」

エリカが「参ったなぁ」と言いたげな笑みを浮かべる。

「遮音フィールドを張ったわ」

深雪がそんな言葉でエリカに話をするよう促した。

ここまでお膳立てされて尻込みをするエリカではない。

「じゃあ言うね。達也君に伝えて欲しいの。あたしと美月が昨夜、呪われ掛けたって」

深雪とリーナが同時に息を呑む。

ただ二人とも、突然の凶報に驚いているというより「遂に」とか「とうとう」とかいうような表情だった。

「幸いミキがすぐに気付いてくれたから何事も無かったけれど」

エリカが言い足したセリフに、二人の雰囲気が少し和らぐ。

「そう……。タツヤの警告を無視したのね。馬鹿な人たち」

リーナが哀れむ口調で呟いた。

「二人とも、知ってたんだ」

エリカが「やっぱり」という顔で問い掛ける。

「達也様にはお伝えしておくわ」

深雪はエリカの質問に答えるのではなく「伝えておいて」という依頼に応諾を返し、

「ごめんなさい。すぐに止めさせるから」

静かすぎる表情で、こう付け加えた。

達也は夕食の席で深雪から、エリカと美月が呪術攻撃に曝され掛けた事実を聞いた。それを受けて達也は、夕食後に電話を掛けて兵庫に二階の会議室へ来るよう命じた。

電話を終えた後、達也はすぐ部屋を出てエレベーターに乗った。だが二階のエレベーターホールで降りると、そこには兵庫が待っていた。

恭しく一礼して達也を先導する兵庫。達也は大人しくその背中に続いた。

会議室に入り、達也は入り口に一番近い椅子に腰を下ろす。上座下座を意識せず、効率を重視した結果だ。そして、会議室をロックして達也の前に立ち止まった兵庫に話し掛けた。どうせ椅子を勧めても座らないと分かっているので、押し問答の無駄を省いたのだ。

「千葉エリカと柴田美月に対する呪詛が、昨夜、実行されたようです」

「然様でございますか」

兵庫が目を細める。表情は穏やかなまま、眼光だけが冷ややかなものになった。

「情報部の誰がキーパーソンになっているか、調べは付いていますか？」

達也の兵庫に対する言葉遣いは、藤林大門に対するものと違って丁寧だ。これは以前からの習慣という面もあるがそれ以上に、兵庫が形式上は四葉本家に雇われている執事だからだった。

「はい。陸軍情報部の犬飼副部長でございます」

兵庫が即答できたのは、八雲から情報提供を受ける以前より真由美たちの渡米に対する妨害を予測し、達也が彼に調査させていたからだ。特に陸軍情報部は何かと因縁があるので、重点的な調査を指示していた。

「犬飼副部長……。陸軍が公表している名簿にはその名前の副部長は載っていないはずですが」

「名簿上は無役の事務官です。非合法業務を統括している、公にされない副部長ですね」

「なる程。そういう立場の者なら、呪術に頼るのも納得できます」

達也が冷めた表情で首を縦に動かす。

「達也様、彼の者の対応、如何なさいますか」

「……消すまでもないでしょう」

兵庫の問い掛けに、達也は少し考えてそう答えた。

「しかし、何もしないわけには参りません」

「それはそうです。個人的に強い警告を与えておくことにします」

兵庫の反論を達也はもっともなものだと認めた。その上で対処方針を決定する。

「では誰を遣わしましょう？」

「そうですね、大門にします」

「あの者ですか……」

兵庫が渋い顔を見せたのは藤林大門が達也の個人的なスタッフで、四葉家にとっては部外者だからだ。

「……然様でございますね。よろしいかと」

しかしすぐに態度を変えた。これは達也に忖度したからではなく、いざという時には四葉家と関わりが薄い方が切り捨て易いと考えたからだった。

「兵庫さん、ご苦労様でした」

繰り返しになるが大門は達也の個人スタッフだ。兵庫は、指図する立場にはない。呼び出しも達也が、直接行う。

「恐縮にございます。それでは、私はこれで」

兵庫(ひょうご)は丁寧に頭を下げて、達也(たつや)の前を辞去した。

陸軍情報部副部長の犬飼(いぬかい)は官舎ではなく一般のマンションに住んでいる。一人暮らしだ。離婚歴有り、子供は無し。犬飼(いぬかい)の周りでは珍しくない境遇だった。

情報部の幹部が普通の民間マンションに住むのは機密保持上問題があるように見えるかもしれない。その点は情報部も犬飼(いぬかい)自身も弁(わきま)えている。彼のマンションには生活に必要な最低限の物しかなかった。部屋に備え付けの情報端末には職場に接続する為(ため)の暗号鍵もインストールされていない。携帯端末にも仕事関係の電話帳はなく、通話履歴も無効化されており電話を受けるだけになっている。役所のＩＤすら持ち歩かないという徹底ぶりだ（職場の出入りは国民用のＩＤカードと生体認証を使用）。

マンションもセキュリティのしっかりしている物件を選んでいるが、身分の推定につながるような特別な設備は導入していない。もし犯罪に巻き込まれたら、一般市民として被害に甘んじることを要求されていた。

そんなわけだから犬飼(いぬかい)のマンションに忍び込むのは、藤林(ふじばやし)家の術を修めた大門(ひろと)にとって困難を覚えるものではない。

六月二十五日午前〇時過ぎ。大都会ではまだ起きている者も少なくない時間。藤林大門は犬飼の部屋のベランダに降り立った。

(……?)

ベランダに侵入した直後、大門は異変の臭いを嗅ぎ取った。

部屋の中に、生者の気配が無い。

犬飼が帰宅後マンションの建物から外に出ていないのは確認済みだ。同じ棟内に、この時間から訪ねていくような交友関係が無いことも調べが付いている。

何かが起こっている。これが調査任務なら、ここで引き返すべき状況だ。だが今夜命じられた仕事は主のメッセージを伝えること。ならばその相手に会わなければならない。たとえそれが、死体であっても。

大門は慎重にガラス戸を解錠し、音を立てずに室内へ入った。

灯りは点いていなかったが、彼にとっては十分明るい。

相変わらず生者の気配はしない。だが大門の直感は「隣の部屋に誰かがいる」と彼に告げていた。

自分に可能な最高レベルの隠形を纏い、大門は部屋を横切った。ドアの向こうは短い廊下。そしてすぐ、隣の部屋だ。彼は慎重にドアのノブへ手を伸ばした。

しかし、彼がそれに触れる直前。

目の前の扉が廊下に向かって開いた。

その向こうには気配ゼロの人影。

大門は反射的に戦闘態勢へと移行した。

「……向こうも攻撃の構えを取っていましたが、寸前で衝突は避けられました」

「良く戦いを回避できたな」

二十五日の早朝。達也はマンション内の訓練用フロアで、膝を突く大門と向かい合っていた。

早朝鍛錬の最中に「至急お耳に入れたい」と大門が押し掛けてきたので、トレーニングを中断して報告を聞いているところだ。

「自慢ではありませんが、お互いがあの薄闇の中で相手の素性を判別できるだけの技量を有していたからでしょう」

「柳少佐もお前のことを知っていたのか」

昨夜――正確には今日の零時過ぎ――大門が犬飼のマンションで遭遇したのは独立魔装連隊の柳少佐だった。達也も良く知っている白兵戦の達人だ。

「運が良かったと言うべきだろう。そのまま戦闘に至っていたなら、無事ではいられなかった」

達也の指摘に大門からの反論はない。柳相手に、足場が平らで逃げ場も制限される室内での戦闘は自分に分がなかったと大門も自覚していた。

「それで、犬飼には会えたのか？」

達也が話題を変えたのは大門の感情を気遣ってのことではない。

単に、時間を無駄にしたくないからだった。

「死体を確認しました」

大門の返事に達也の眉が一度、上下する。

達也が見せた感情的な反応はそれだけだった。

「柳少佐が？」

冷静な声で問う達也。

「本人の弁に依れば」

そんな表現で大門は肯定の返事を返す。

「達也様、柳少佐より伝言を預かっております」

そしてさらに、こう付け加えた。

「聞かせてくれ」

達也が続きを促す。

「はっ。――国防軍の暴走は国防軍でけりを付けた。これで納得してもらいたい――とのことです」

「風間大佐らしからぬ過剰反応だな……」

それを聞いた達也は、何処となく苦い表情で呟いた。彼は心の中で「自分は風間からもそれほど警戒されているのか」と考えていた。

「お言葉ですが、呪詛のけじめとしては妥当かと」

その心の裡を読んだわけではないだろうが、大門が達也の思考を否定する反論を述べた。

彼のセリフには呪詛に対する負の感情が滲んでいる。呪術そのものには有用性を認めても、「誰かを呪う」という行為に対する嫌悪感は、風間や大門のような古式魔法師の方がむしろ強いのかもしれない。

「――そう考えておくことにしよう。大門、ご苦労だった」

労いの言葉に大門は深く頭を下げる。

頭を下げたまま立ち上がって、彼は達也の前から立ち去った。


同日、兵庫が防衛大臣の決定――魔法師の渡米に対する妨害は認めないというもの――を報告し、美月たちに対する呪詛が命令違反の暴走であったことが達也たちにも分かった。

これ以上事を荒立てるのは、達也としても望むところではなかった。

この一連の出来事は、単に真由美と遼介の渡米についての障碍を取り除いたというだけに留まらない。魔法師の出国に関する事実上の制限に風穴を開けるものとなった。

しかしそれが広く明らかになるのは、まだまだ先の話だ。

六月二十六日、土曜日。今はまだ個人的な例外として、真由美と遼介は東京湾海上国際空港からＵＳＮＡバンクーバー国際空港に向けて飛び立った。

そしてその翌日、リーナを乗せた輸送機が座間基地を離陸した。

偽装恋愛（カモフラージュ・ラブ） ―CASE：一条将輝―

西暦二一〇〇年六月二十八日、月曜日。

深雪は達也と一緒に、魔法大学に登校した。その代わり、深雪の隣にリーナの姿は無い。これはかなり珍しいことだった。大学に余り姿を見せない達也の代わりを務めるように、入学以来リーナはずっと深雪の隣にいた。特別な関係を噂される程に。

噂とは中身が違っていたが、確かに深雪とリーナは特別な関係だった。

深雪は四葉家次期当主として、四葉家の力でリーナに居場所を与える。

リーナは、一緒にいられない達也に代わって深雪のボディガードを務める。

この関係は、リーナが日本に帰化した今も変わらない。リーナの戸籍上の父親は東道青波だ。

だが東道はある意味、名義を貸しただけに過ぎない。戦略級魔法師『アンジー・シリウス』を日本に留め置く大義名分。東道が義理の父親であれば、USNAに阿った何者かによってこれが無かったことにされる懸念はない。

しかし東道がリーナにしたのは帰化に当たって戸籍を与えることだけだ。経済的な援助は一切していない。

リーナはその気になれば何時でも経済的に自立可能だ。公的な身分は戦略級魔法師『アンジー・シリウス』ではなく、魔法大学の学生『アンジェリーナ・クドウ・シールズ』だったので――今は『東道理奈』だ――魔法師として業を営むことはできない。しかし魔法師の仕事に拘らなければ、モデルでもタレントでも素材でも、幾らでも稼ぐ道はある（ちなみに余談だが、

「素材」というのはCGアイドルの造形モデルのことだ。未成年のプライバシーを保護する観点から、所謂少女アイドルのほぼ全員、少年アイドルもその多くが生身の人間とほとんど区別が付かないCGに置き換わっている）。

しかしリーナはスターズの叛乱から逃れる為に亡命した際の義理、そして——本人は認めたがらないかもしれないが——深雪との友情を優先した。いつも傍についているわけには行かなくなった達也の代わりに、深雪のボディガードを務めることを選んだ。

リーナの生活保障は、ある意味その対価とも言える。四葉家が経済的に彼女の面倒を見るのは、一方的な恩恵ではなく任務に対する報酬だ。少なくとも四葉家ではそう考える者が多いし、達也もそのつもりだった。深雪とリーナ、本人たちにはまた別の思いがあるのだが。

とにかくそういうわけで大学入学以来、深雪の隣にはずっとリーナがいた。そしてリーナがいるから、達也は安心して仕事に注力できていた。

そのリーナがいなくなったのだから、達也が深雪の側に戻ってきたのは当然かもしれない。しかし過去二年と少し、達也が不在でリーナがいる景色に慣れていた学生たちは、幸せそうに達也と二人だけで、彼と腕を組んで歩く深雪の姿に衝撃を受けていた。

　この日の昼、深雪を連れた達也は大学の正門に向かっていた。帰るのではなくランチを学外で摂ることにしたのである。

　魔法大学の正門前はT字路になっている。塀に沿って左右に伸びる道に、キャンパスの奥へ真っ直ぐ続く道が合流する形だ。その正門前で達也たちは五、六人の女子学生を連れた一条将輝と吉祥寺真紅郎のコンビに遭遇した。

　達也たちの姿を認めた将輝の顔に、驚愕の表情が浮かぶ。しかしそれはすぐ、嬉しそうな笑みに変わった。

「司波さん。今日は司波と一緒なんですね」

　将輝は深雪のことを「司波さん」、達也のことを「司波」と呼ぶ。それを達也も深雪も知っているので二人に戸惑いはなかった。

「こんにちは、一条さん。今からお昼ですか？」

　歩きながら、達也と逆のサイドをついてくる将輝に深雪が問い掛ける。

「ええ。司波さんも今日は外ですか？」

「はい。今日は少し贅沢をしようと思いまして」

「俺たちもなんですよ。良ければご一緒しませんか」

ここまで将輝は、セリフの遣り取りの上では達也を無視している。しかし将輝の目はチラチラと達也の反応を窺っていた。

「わたしたちとですか？」

深雪が眼差しで達也の判断を求める。

「一条、そちらにも連れがいるだろう」

「そうですね。わたしたちと一緒ではお連れの方々が落ち着かないでしょうし、今日のところはご遠慮させていただきます」

達也が将輝に向けた言葉を受けて、深雪が断りの答えを返す。

「そうですか。では次の機会に」

彼らは既に正門を完全に抜けていた。将輝は意外にあっさりそう言いながら、吉祥寺と女子学生の集団を連れて深雪から離れていく。

達也は深雪を連れて、将輝たちとは反対の方向へ足を向けた。

「将輝、どういうつもり？」

達也たちと別れてすぐ、吉祥寺が詰る口調で将輝に問い掛けた。

「んっ？　何がだ？」

将輝の口調はあからさまなものではなかったが、吉祥寺には惚けているのが明白だった。

「今のは色々と失礼だったよ。あの二人にも、皆にも」

「そうだな」

「そうだなって……、将輝は彼女のことになると、ちょっとおかしいよ。前からだったけど、最近はますます酷くなった。もう『ちょっと』とは言えないくらいだ」

「そうかもな」

「将輝！」

将輝は声を荒げる吉祥寺から顔を逸らし、背後の女子学生たちへ振り向いた。

「黄里恵」

彼が声を掛けたのは一学年下の後輩で、名前は鶴画黄里恵。彼女も三高出身だから二重の意味で後輩だ。将輝の母方の親戚で、将輝を取り巻く女性陣のリーダー格でもある。

「はい」

後輩だからというわけでもないだろうが、将輝に対する態度はかなり素直な——というより従順な印象がするものだった。

「嫌な思いをさせたな」

将輝があっさり謝罪したことに意外感を見せているのは吉祥寺で、謝られた当人の黄里恵は「いえ、そんなことは……」と遠慮気味に返しただけだった。

「他の皆も悪かった。お詫びに好きな物をご馳走するよ」

黄里恵以外の女子学生からハートマーク付きの歓声が上がる。

「そんなこと言って……。また午後の講義に遅れるよ……」

吉祥寺が苦言というより諦め半分にぼやく。

歓声を上げなかった黄里恵は「ありがとうございます」と小声で言って、ひっそりと微笑んだ。

◇　◇　◇

七月に入ると、リーナが不在で達也が毎日登校する状況に周りの学生も慣れてきていた。

同時に達也はリーナのファンから、深雪はリーナの友人から、彼女が大学に戻ってくる予定日をたびたび訊ねられるようになった。

「来週か……」

将輝はリーナのスケジュールを達也や深雪に直接訊ねるのではなく、友人経由で耳にした。

「それで彼女、どうやらアメリカに里帰りしているらしいぜ」

「へぇ……。良く渡米できたな。故郷だから特別に許可が下りたのか？」

友人たちはリーナの話題を続けている。将輝はそれを、ぼんやり聞いていた。

吉祥寺は別行動中。将輝が「心ここに在らず」な状態になっていることに、気付いている者はいなかった。

「でも、そうすると今度は向こうから戻ってこられないんじゃないか。魔法師の出国を事実上禁止しているのはUSNAも同じだろ？」

「いや、それはない。シールズさんは日本に帰化している」

「正式な名前は東道理奈さんだっけか……。国籍がこっちにあるなら、USNAも日本に帰さないわけにはいかないか」

「いや、分からないぞ。彼女くらいレベルの高い魔法師はアメリカにもそうはいないはずだ」

「……ごり押しで自分たちの手許に留まらせるってことも考えられると？　一条はどう思う？」

「それは困る！」

不意に話を振られて、将輝は意図しない強い口調で答えてしまう。

「一条？」

その剣幕に友人たちから驚きと不審の目が向けられる。

「あっ、いや……、帰化した以上シールズさんは日本の魔法師だ。日本人の帰国を邪魔されて何もできないなどということになれば、我が国の威信に関わる」

「なる程な。日本魔法界を代表する十師族としては傍観もできないか」

咄嗟に捻り出した理屈は、将輝の友人たちを納得させた。

その一方で将輝自身は「確かめなければ……」という焦燥感を覚えていた。

その日最後の講義が終わった後、将輝は詳しい事情を知っているはずの人物を求めてキャンパス内の心当たりの場所を歩き回った。ゼミの研究室かサークル室にいると思われるが、もう帰ってしまっている可能性もある。焦りから、彼の足取りは忙しないものになっていた。

途中、黄里恵が同級生の友人たちと歩いているのを見掛ける。将輝の歩調が無意識に緩んだ。彼のガールフレンドグループといる時と違い、黄里恵はリラックスした笑みを浮かべている。将輝の中で、不意に物悲しさが湧き上がった。だからといって落涙するような歳ではない。しかし五年程度以前なら、目頭が熱くなるくらいのことはあったかもしれない。

自分と一緒にいる時の黄里恵が無理をしているのは、以前から覚っていた。それこそ、彼女が大学に入学した直後から。

親戚で後輩ということもあって、黄里恵のことを将輝は高校入学前から知っていた。昔からそれなりに親しくしていた。だから、魔法大学入学前後の彼女の変化にはすぐに気付いた。

以前の黄里恵は、親しくはしていても将輝の後をついて回るようなことはなかった。一緒にいて、変に気負ったりすることもなければ彼の顔色を窺うような素振りも見せなかった。

昔の彼女は、いつもあんな風に笑っていたはずだ。派手な美しさはないが一緒にいると和やかな気分にさせてくれる、敢えて古い表現を使えば家庭的な雰囲気の女の子だった。気遣いはできても、人の顔色を窺うような子ではなかった。

彼女が変化した理由に、将輝は心当たりがあった。

自分がそれと無関係ではないことも、彼は理解していた。

将輝は来た道を引き返して横に折れた。

遠回りになるが、今は黄里恵と言葉を交わしたくなかった。

将輝が探していた二人、達也と深雪は所属するゼミの研究室にいた。ちょうど一休みしているところだったようで、一つのテーブルを囲むゼミ生の前には冷たい緑茶、ジュース、アイスコーヒー、アイスティーなど様々な飲み物のコップが置かれていた。

「──司波、少し良いか」

中には部外者立ち入り禁止の研究室もあるが、そういう部屋には扉にその旨が表示してある。この東山研究室はそこまで厳しくない。将輝はスライド式のドアが開けっ放しだった入り口から、一言断って研究室内に入り達也に話し掛けた。

「大丈夫だ」

達也はすぐに立ち上がった。

「廊下で良(い)いか？」

将輝(まさき)に理由は訊(たず)ねなかったのは、遠くまで足を運ぶつもりが無かったからだ。

「ああ、構わない」

将輝(まさき)の方も、最初からそのつもりだった。


「——その情報は間違っているぞ。リーナは国内にいる。何処(どこ)にいるとは言えないが」

廊下の窓際(まどぎわ)で友人から聞いたリーナの噂(うわさ)を元に、彼女が帰国できなくなる可能性について訊(たず)ねた将輝(まさき)に達也(たつや)は平然と嘘(うそ)を吐いた。

リーナの渡米は正規の手段によるものではない。出国にパスポートを使わず、USNAへの入国も向こうの軍が作った偽造IDで行っている。帰ってくる時も同様だ。アメリカに行っていると認められるはずがなかった。

「そうなのか？」

「出国記録を調べてみれば良い。お前なら閲覧させてもらえるだろう？」

本来出入国記録を第三者が閲覧することはできない。だが何事にも超法規的な抜け道がある。国家公認戦略級魔法師である将輝(まさき)には、そのコネがあるはずだった。

「いや、そこまでするつもりはないが……。だったら何故(なぜ)アメリカに行ったなんて噂(うわさ)になっているんだ？」

「深雪が友人に『故国の用で出掛けている』と説明していたから勘違いしたんじゃないか？」

「USNAの用事？　訊いてはならないんだろうが、彼女はアメリカで何をしていたんだ？」

「当然ノーコメント。魔法師でなくてもプライバシーだ」

リーナの素性については、将輝は食い下がらなかった。

「シールズさんが来週戻ってくるというのは？」

その代わり、リーナの大学復帰時期には拘りを見せた。

「その予定に変更は無い。リーナに何か用があったのか？」

「いや、そういうわけじゃないんだが……」

達也に反問されて、いきなり将輝が歯切れ悪くなる。

「一条。まさか、リーナが大学に戻ってきたら俺は深雪の側からいなくなるはずだ、などと考えているのではないだろうな」

「…………そんなことはない」

将輝が否定の答えを返すまでに、短いが無視できない間があった。

「……もう殴り合いはゴメンだぞ」

げんなりした声で念を押す達也。

「当然だ」

今度は間髪を入れずに、将輝は答えた。

◇　◇　◇

東山研究室が入っている基礎魔法学部棟の昇降口では、鶴画黄里恵が将輝を待っていた。

「将輝さん……」

他の女子学生がいない所では、黄里恵は将輝をそう呼ぶ。昔から、そう呼んでいた。黄里恵の鶴画家は将輝の母方の親戚で、一応家族ぐるみの付き合いだから苗字を使わず名前で呼ぶのは、おかしくはない。

将輝と黄里恵の関係は少々複雑だ。将輝の母方の祖父が一色家先代当主の弟で、先代当主の妻の弟が黄里恵の父方の祖父。一色家当主の、実弟と義理の弟という関係で、将輝の祖父と黄里恵の祖父は義理の兄弟になる。つまり将輝と黄里恵は再従兄妹ということになるのだが、祖父同士の関係で言えば二人の間に血のつながりは無い。

しかし将輝の母方の祖母と黄里恵の父方の祖父は従姉弟同士だった。将輝の母方の祖母の旧姓は『鶴画』。つまり黄里恵は将輝の、母方の本家筋に当たる。

なお将輝の母の旧姓は『鶴画』でも『一色』でもない。『若狭』というが、若狭家は鶴画家の分家だ。祖母が若狭家の養子に入り、祖父がそこに婿入りした格好で、ここでも黄里恵は将輝の母方の本家筋という関係が成り立つ。

もっとも日本魔法界の血統序列から見ると、将輝は一条家の直系であり一色家の血も引いているのに対し、黄里恵は一条家はもちろん一色家の血も引いていない。わずか三代の歴史だが、将輝の方が血筋が良いと言える。

「黄里恵、何か用か？」

とはいえ将輝が何となく偉そうで黄里恵が謙った態度を取っているのは、本家とか血筋とかが理由ではなく、年齢の上下、先輩後輩の関係、かつ長い付き合いだからだった。

「特に用事というわけでは……。先程お姿が見えたものですから」

「もしかして、追い掛けてきたのか？」

「いえ、そんなことはしません！」

問い掛ける将輝の口調は決して厳しいものではなかったが、黄里恵は慌てて否定した。

「ただ何となく、ここに将輝さんがいらっしゃるような気がして」

「何となく、か」

これだから侮れない、と将輝は心の中で呟いた。黄里恵の鶴画家は大和朝廷時代にまで遡る古い血筋の末裔だ。その血の中には、現代の基準では魔法として観測できなくても、間違いなく古い異能が宿っている。

「それで？」

「あの……」

黄里恵が周りを気にする素振りを見せる。彼女は将輝の質問に用事は無いと答えたが、話したいことはあるようだ。ここは学部棟に出入りする学生の通り道。プライベートな会話には向いていない。

「……場所を変えよう」

将輝はそう言って、黄里恵をキャンパスの外に連れ出した。

将輝は大学から徒歩約五分の喫茶店に黄里恵を連れて行った。そこは文弥が達也をお茶に誘う際の行き付けの店だったが、将輝がこの喫茶店を知っていたのは文弥とは無関係だ。

「好きな物を頼んで良いぞ」

向かい合わせに腰を下ろして、開口一番に将輝が黄里恵に告げる。

「……いつもありがとうございます」

将輝が奢ってくれるのはいつものことだったので、黄里恵は下手に遠慮せず御礼を言って、テーブルトップパネルでアイスロイヤルミルクティーをオーダーした。将輝は夏にも拘わらずカプチーノを注文した。

少しして、テーブルサービスとセルフサービスの選択肢が表示される。黄里恵は「もらってきますね」と言いながらセルフサービスを選択して、椅子から立ち上がった。

オーダーした飲み物をトレーに載せて黄里恵が戻ってくる。

テーブルに置いたトレーから将輝がカプチーノを取って自分の前に置く。腰掛け直した黄里恵はまずコースターを置き、その上にアイスティーのグラスを載せた。

「黄里恵。何か俺に言いたいことがあるんだろう？」

「言いたいことなんて……」

黄里恵は散々躊躇ったが、将輝から無言の圧力を掛けられて観念したように「お訊ねしたいことがあります」と告白した。

「何でも訊いてくれ」

将輝の態度は堂々としている。「疚しいことなど何も無い」と言わんばかりだ。

ただ、少し堂々としすぎている感もあった。

「……将輝さん、さっき私のことを避けましたよね」

「……何のことだ」

「私を見て、Uターンされたでしょう？」

「……あれは、君を避けたのではない。友人と楽しそうにしていたから遠慮したのだ」

黄里恵が将輝をじっと見詰める。咎めるものではなく、威圧感もまるで無かったが、何となく居心地の悪さを感じさせる眼差しだった。

「私が疎ましいのではありませんか？」

「そんなことはないっ！」

将輝が声を荒げる。

黄里恵が目を丸くして固まる。ただ怯えている様子は無い。

一方、将輝は黄里恵以上に驚愕を露わにしていた。意識して声を荒げたわけではないようだ。過剰に反応した自分が信じられないという顔だ。

「……すまない。大声を出したりして」

将輝が頭を下げて黄里恵に謝罪する。

「いえ、突然だったので少しびっくりしただけですから。そんなに大声でもなかったですよ」

黄里恵の言葉は慰めには違いないが、嘘でもない。将輝の声は他の客から注目を浴びるほど大きなものでもなかった。

「それに安心しました」

「安心？」

黄里恵の言葉に安堵していた将輝が、訝しげに問い返す。

「はい。邪魔だと思われているわけではないと分かって」

「…………」

「将輝さんに嫌われているのではないと分かって、安心しました」

将輝が黄里恵から目を逸らす。

その仕草は、照れているのとは少し違う印象があった。

彼の表情には、罪悪感のようなものが見え隠れしていた。

将輝の土曜日一限目は、深雪と同じ講義だった。彼が楽しみにしている時間だ。

彼は家の仕事がない限りどの講義も真面目に出席しているが、この時間は教室に向かう足取りが違う。それに他の講義より確実に早く教室に入る。そして深雪がいつも座っている席が良く見える場所に腰を下ろす。

大学の教室は前世紀の物と違って机と椅子が一つ一つ独立している。学生は机と一体になった端末を通して受講する。ただ魔法大学の場合、録画講義は少ない。後からアーカイブ受講できるようになっている科目は多いが、講義自体は録画ではなく講師がリアルタイムで行う。教壇に立つ講師も多い。大人数講義でも質疑応答と討論を疎かにしないという方針からだ。机と机の間に視界を遮る衝立は無い。

隣の席の者にも衝立にも邪魔されず深雪を眺めることができる教室は、将輝にとって目の保養に最良の環境だ。それに大学の教室は席が決められていない。だから、偶にはこういうことができる。

「おはようございます、司波さん。こちら、良いですか」

「おはようございます、一条さん。ええ、どうぞ」

立ったまま声を掛けてきた将輝を見上げて、深雪がにこやかに頷く。

彼女の許しを得て、将輝は「深雪がよく見える席」ではなく深雪の隣に座った。

「今日は司波と一緒ではないんですか？」

今日に限って将輝が大胆な行動に出る気になったのは、深雪の隣に達也もリーナもいなかったからだ。リーナは将輝を深雪に近付けようとしない。深雪と達也が仲睦まじくしている所には将輝の方で近付きたくない。実は先日達也と一緒の深雪をランチに誘ったのも、断られることを見越してのものだった。

「達也様は東山先生に呼ばれて、研究室にいらっしゃいました」

東山知時は達也と深雪の、ゼミの指導教授だ。達也については「事象干渉力＝霊子波理論」の共同研究者という側面もある。実は津久葉夕歌とも、系統外魔法に関する研究で協力関係にあった。

「この講義は残念ながらご欠席です」

「そうでしたか。残念ですね」

将輝が満更、心にも無いというわけでもなさそうな口調で相槌を打つ。

「ええ、本当に」

内心でそれを意外に感じていた深雪だが、表情には出さなかった。

一限目の講義が終わり、深雪は東山研究室へ達也を迎えにいった。

深雪が研究室をのぞき込んだ時、達也は既に机の上を片付け終わっていた。

「それでは、また後程」

東山教授にそう告げて立ち上がり、達也が深雪の許へ歩み寄る。

「深雪、態々すまないな」

まず迎えに来てもらったことに謝罪形式の感謝を述べ、

「行こうか」

次の教室への移動を促す。

深雪は「はい」と応えて、達也の左腕に右腕を絡めた。

「達也様、一条さんのことなのですけど……」

腕を組んだまま歩きながら、深雪が上目遣いで達也に話し掛ける。彼女は前を見ていないが、その足取りは恐れ気の無いものだ。通行の安全は全面的に達也に委ねて、深雪は会話に集中している。

「一条(いちじょう)がどうした?」

「以前から感じていたことなのですが、最近特に強く違和感を覚えるのです」

軽く聞き流せる口調ではなかった。深雪(みゆき)の顔には憂いすら漂っていた。

「違和感か。具体的には」

「はい。先程も隣の席に座って良いかどうか訊(たず)ねられまして」

「それで?」

自分のいない所で将輝(まさき)が深雪(みゆき)に言い寄ったとも解釈できる話を聞かせられても、達也(たつや)の顔には動揺の欠片(かけら)も見られない。

「もちろん、どうぞとお答えしました。一条(いちじょう)さんは隣の席に着かれると、それきりわたしに対する興味を失ったようなご様子になったのです」

「……講義に集中していたのではないか?」

「それもあると思います。ですが時々わたしに向けられる視線を感じまして、それで、その視線なのですが……」

達也(たつや)が眉を顰(ひそ)める。さすがに深雪(みゆき)が情欲の視線に曝(さら)されたというのは、彼としても聞き流せなかったようだ。

「……絵画か彫刻を鑑賞する際のものに似ていたような気がするのです」

しかし深雪(みゆき)の困惑が見え隠れしているセリフは、達也(たつや)の予測から大きくはみ出していた。

「一条に物扱いされていると？」

「物扱い……。生身の人間として見られていないという意味ではそうかもしれませんが、所有物に向ける視線ではない、と思います。何だか『見ているだけで満足』みたいに思われている気がするのです」

しかし仮にも、過去に横恋慕で婚約に割り込んできた男が懐く感情ではない。

深雪を見ているだけで満足。——そういう男は、世の中に山程いるだろう。

それとも「過去」だからだろうか。

（一条の中では「過去」になっているのか……？）

（だったら何故、ことあるごとに深雪に言い寄るような真似をする？）

（んっ？　……いや、いや、ような真似？）

達也は自分が心の中で自身に問い掛けた言葉に、強い引っ掛かりを覚えた。

「達也様、何かお分かりになったのですか……？」

達也の心の動きを敏感に感じ取った深雪が、期待を込めて達也を見上げる。

「いや、確かに一条の行動は訳が分からないと思っただけだ」

だが自分の仮説が突拍子も無いものに思えて、達也は口を濁した。

「達也様もそうお考えですか……。わたしも一条さんにどう接したら良いのか分からなくて」

「困っているのです」と本気で呟く深雪に、「余り放置してはおけないな」と達也は思った。

◇◇◇

魔法大学の土曜日の講義は二限・正午に終わる。これは他の国公立大学に比べて早い方だ。だが学生にとっても教員にとってもそれで終わりではない。その後普通にゼミや部活がある。

正午過ぎ、達也と深雪は学食の混雑を避けて少し遠くまでランチに出掛けるつもりだった。講義が終わってすぐに呼んだコミューター（ロボットタクシー）の到着予定時間まで、余裕は余り無い。二人は急ぎ足で北門——正門は南側にある——に向かっていた。

正門前と違い、北門の前は建物の間を走る細い道が何本も合流するレイアウトになっており、見通しが悪い。達也たち二人といつもの女子学生グループを引き連れた将輝は、門の前で会うまでお互いに気付いていなかった。

「司波さん、今からランチですか？」

いつものように将輝が深雪に話し掛ける。

今まで気付かなかったが、言われてみれば将輝の瞳には「熱」が無い。熱っぽくはあるが、心からの熱情が見当たらない。——達也はそう思った。

「ええ、一条さんたちもですか？」

深雪も内心で戸惑いを覚えていたが、それを全く表に出さない完璧な「淑女の笑み」で将輝

に答えた。

「でしたら」

「司波君、急いでいるようだけど」

将輝がいつものように深雪を誘おうとするそのセリフに、吉祥寺が達也への言葉を被せた。

「ああ、そうなんだ。悪いな」

話し掛けられた達也が正直に応じる。実は「一条の真意を探る良い機会かもしれない」という思考が達也の脳裏を過っていたのだが、コミューターも店も予約してある。ここで予定を変えるのは現実的ではないと達也は考え直した。

「将輝、引き止めるのは悪いよ。じゃあ司波君、また今度」

それに、吉祥寺には何か考えがあるようだ。

「ああ、またな」

彼の思惑が何かは分からないが、邪魔しない方が良いと達也は感じた。

達也は深雪を促して、将輝たちと別れた。

「将輝。二人だけで話したいことがある」

達也たちを見送ってすぐ、吉祥寺は険しい表情で将輝にそう告げた。

「いきなり何だ？」

将輝が面食らった顔で問い返すも、

「二人だけで」

吉祥寺は険しい表情を崩さず同じ要求を繰り返した。

「ジョージ……」

宥める口調で将輝が吉祥寺の愛称を呼ぶ。

「………」

だが吉祥寺の頑なな態度は崩れない。

将輝はため息を吐いて、吉祥寺から顔を逸らし黄里恵へ目を向けた。

「黄里恵。ジョージが重要な話を思い出したようだ。悪いが、ランチは別々にしてくれ」

そして他の女子学生に愛想笑いを向ける。

「他の皆も、悪いけどそういうことで」

吉祥寺の本気度合いは彼女たちにも通じていたと見えて、不満を口にする「取り巻き」はいなかった。彼女たちは「またね」とか「埋め合わせよろしく」とか口々に言いながら、将輝と吉祥寺から離れていった。

黄里恵たちはバラバラに北門から外へ出ていった。

一方、将輝と吉祥寺はUターンして学食へ向かった。

混み合った学食で目についた空席を確保し、カウンターで注文した定食を受け取ってテーブルに着いた吉祥寺は、問答無用で遮音フィールドを展開した。

「ジョージ、何を苛立っているんだ？」

少し遅れてテーブルに戻った将輝が、訝しげな口調で吉祥寺に訊ねる。

将輝は、とぼけているのではない。彼は本気で吉祥寺が何に気分を害しているのか、理解できていなかった。

吉祥寺が思い詰めた目を将輝に向ける。

「将輝。君、最近おかしいよ」

吉祥寺の声に、冗談の成分は一パーセントも含まれていなかった。

「おいおい、いきなりご挨拶だな」

「将輝！」

「……分かった。真面目に聞く。何が気に入らないんだ？」

誤魔化しきれないと観念した将輝が、作り笑いを引っ込めて吉祥寺と向かい合う。

二人とも冷めていく料理には目もくれなかった。

「司波さんに対する態度だよ」

「……彼女に対する態度は前からあんなものだと思うが」

「違う。少なくとも一昨年まではあそこまで軽薄じゃなかった」

吉祥寺(きちじょうじ)の口調には確信がこもっている。

「そんなことは……」

将輝(まさき)は反論しようとしたが、上手(うま)く言葉にならなかった。

つまり、将輝(まさき)自身にも自覚と心当たりがあるということだ。

「将輝(まさき)がおかしくなり始めたのは、鶴画(つるが)さんが入学してからだ」

吉祥寺(きちじょうじ)の指摘に将輝(まさき)の顔が歪(ゆが)む。急所を突かれた表情だ。

「……彼女は関係無い」

しかし将輝(まさき)は、口では認めようとしなかった。

「じゃあ、去年の春から自分がおかしくなっている自覚はあるんだね？」

「…………」

「黙秘？　別に構わないよ。僕は将輝(まさき)を告発したいわけじゃないから」

「…………」

「僕は将輝(まさき)に言いたいことがあるだけなんだ。いや、言わずにいられない！」

吉祥寺(きちじょうじ)の声には、眼差(まなざ)しには、親友を心から案じる赤心がこもっている。

「……言ってくれ」

それでもなお沈黙を貫くことは、将輝にはできなかった。

「これ以上無理をしてみっともなく振る舞うのは止めて欲しい！」

「…………」

それでもこのセリフには、言葉を失わずにはいられなかった。

「僕が気付かないとでも思ったのかい？」

将輝は何も言わない。いや、強張った顔の中で唇が震えているのを見ると、何か言おうとしているけれど上手く言葉にならないのだろう。

「将輝が態とナンパに見えるように振る舞っていることなんて、とっくに分かっていたよ」

「そうか……」

観念した声で将輝が呟く。吉祥寺の指摘が真実だと認める呟きだった。

「本当、似合わない真似をして……。見ていられなかった。見ている方が辛かったよ」

「……すまん」

「言いたくないみたいだから理由は訊かない。でも、もう止めるべきだ。ううん、止めなきゃいけない。自分自身の為だけじゃない。当て馬に使うなんて、司波さんにも失礼だ」

「当て馬になどしていない」

将輝の顔付きが変わる。

「俺は彼女のことが好きだ。それは嘘じゃない」

これだけは譲れない、と将輝(まさき)が訴える。

「でもその『好き』は、恋愛的な意味での『好き』じゃないだろう？」

しかし吉祥寺(きちじょうじ)の反論に、将輝(まさき)は再び絶句してしまう。

「憧れとか崇拝とか、そういう種類の『好き』だよね？」

「……アイドル視しているんじゃないぞ」

「そんな軽薄な感情じゃないのは分かっているよ」

将輝(まさき)の反論は、吉祥寺(きちじょうじ)にあっさりいなされた。

「でも、感情の種類としては似ている。自分のものにならないことを理解した上での、一方的な好意。相手に好意を向けることそれ自体で幸福感を得られる。違うかい？」

「……違わない。彼女の気持ちが俺に向かないことは、分かっている」

「将輝(まさき)はあの女性(ひと)を見ているだけで幸せになれるはずなんだ。本当はね。だから彼女に対するアプローチは将輝(まさき)にとって余計なものであり、不純物だ」

吉祥寺(きちじょうじ)の決め付けに将輝(まさき)からの反論は、やはり無かった。

「今のナンパな将輝(まさき)は、司波(しば)さんに対して失礼であり、君自身に対しても失礼だ」

「俺自身に対して……？」

「そうとも。君の本当の気持ちに対して。将輝(まさき)は、将輝(まさき)が持つ司波(しば)さんに対する好意を自分で汚(けが)している。とにかくもう、あんな真似(まね)は止めるべきだ」

「……考えておく」

はっきり止めると言わない将輝に、吉祥寺がため息を漏らす。

「……君が答えないのは分かっているけど、さっき僕は理由を訊かないと言ったけど、やっぱり敢えて訊きたい。何故、あんな間抜けな道化を演じているんだい？」

将輝からの答えは、やはり、無かった。

◇

七月三日、土曜日の夜。旧石川県金沢にある一条家の屋敷。

一条家長女で第三高校二年生の一条茜は、思い掛けない電子メールに思い切り歓声を上げた。その声量は母親が「何事か」と様子を見に来る程だった。

「な、何でもない。何でもないの。アハハハハ……」

茜は誤魔化し笑いで母親を追い返しアヒル座り（女の子座り、ぺたんこ座り）でベッドの上に座り込んで、受信したメールが表示されている端末を真剣な顔で見詰めた。

茜が大きく深呼吸する。

「――よしっ！」

一つ気合いを入れてメールのリンクから送り主の電話番号を呼び出す。

電話はすぐにつながった。

「もしもしっ！　茜です。真紅郎君ですか⁉」

「茜ちゃん？　うん、そう。僕だよ。……態々電話してもらってゴメンね」

吉祥寺は茜からいきなり掛かってきた電話にびっくりしていた。彼が茜に送ったメールは、「電話しても良い時間を教えて欲しい」というものだったのだ。彼は女子高校生の、というより茜の積極性を甘く見ていた。

『ううん。私が早くお話ししたかったから。それで、何かご用事？』

電話で話しているだけで、吉祥寺は彼女のエネルギーに呑まれそうになる。

「用事って言うか、一つ訊きたいことがあるんだけど」

『なになに？　何でも訊いて』

しかし圧倒されているばかりでは目的が果たせない。吉祥寺は心の中で「しっかりしろ、真紅郎」と自分を叱咤した。

「茜ちゃんは鶴画さんのことを知っているよね？」

『黄里恵さん？　うん、知ってるよ。鶴画さんの所とは家族ぐるみの付き合いだし。……はっ！　まさか、真紅郎君が黄里恵さんに⁉』

電話の向こうで急に慌てたような気配がする。何だろう、と吉祥寺は首を傾げた。

「……ええと。何か勘違いしているみたいだけど、鶴画黄里恵さんと将輝の間に何か事情があるんだったら教えて欲しいんだ」

『浮気？　浮気なの!?　ダメダメ、絶対ダメ！』

『兄さんと？　なぁんだ……』

茜がホッと安堵の息を吐く音が端末のユニフォン（音声通信ユニット）から聞こえた。

『兄さんと黄里恵さんの関係ね。ええと、何処から説明しようかな……』

回線の向こうで考え込んでいる気配がする。吉祥寺は急かすことで茜の邪魔はしなかった。

『真紅郎君は、私たちの祖父が一色家先代の弟だったたって知ってるよね？』

「知っているけど、それが？」

『黄里恵さんの鶴画家と家の付き合いは一条家の関係じゃなくて、一色家つながりなんだ』

「知らなかった……」

将輝と付き合いが長い吉祥寺でも、将輝が一色家の血を引いていることを普段は忘れている。黄里恵との付き合いに一色家が絡んでくるなど、完全な想定外だった。

『あっ。でも、黄里恵さんが一色家の人ってわけでもないよ。親戚だけど』

「つまり……外戚ってこと？」

『外戚って言うのかな。一色家先代の奥さんが鶴画家の人だったの。黄里恵さんはその人の弟さんのお孫さん』

「遠い親戚とは聞いていたけど、そういう関係だったんだ……」

吉祥寺は茜に教わった血縁関係を頭の中で整理した。将輝と黄里恵は祖父同士が一色家先代を介した義理の兄弟。親戚であっても、血のつながりは無い。一方、黄里恵の祖父は一色家当主の叔父になるが、黄里恵に一色家の遺伝子は入っていない。

『それで、ここからが本題なんだけど』

思考が横道に逸れていた吉祥寺だが、茜のこの言葉に意識を集中し直した。

『一色家の遺伝子と鶴画家の遺伝子は、魔法師を生み出す上でとても相性が良いらしいの』

「……一色家と鶴画家の間には、優秀な魔法師が生まれ易いという意味だね？」

『うん、そう』

元々十師族の成り立ちからして、優秀な魔法師を生み出すのに適したカップリングを人工授精・人工子宮で実験して、特に相性が良かった男女を事実上強制的に結び付けたものだ。今も同じことをやっていると言われても、違和感は無い。むしろ、やっていると考える方が自然だ。

そこまで考えて、吉祥寺の意識に閃きが降りてきた。

「もしかして、一色家が将輝と鶴画さんをくっつけようとしている？」

『一色家だけじゃなくて、鶴画家も親戚ぐるみで黄里恵さんと兄さんを結婚させたいって思っているみたいなの。本当は一気に婚約まで持って行きたいんだろうけど、兄さんはほら。三年

と少し前、四葉家次期当主のあの人に横入で婚約を申し込んだじゃない。それがまだ完全には終わってないから一色家も鶴画家も強引なことはできなくて、やきもきしている感じ』

「いや、あの件はもう決着しているでしょう……」

吉祥寺が呆れ声で反論する。二〇九八年三月の第一高校卒業式後に行われたパーティーに吉祥寺は参加していない。だから、達也と将輝のあの場面にも立ち会っていない。

しかしそこで何があったのか、人伝に聞いて知っている。ちょっと信じられない話だが、二人は司波深雪を懸けて殴り合ったという。それを聞いた時は率直に言って「いつの時代の話だ」と思った。しかし、その魔法抜きの対決で決着はついたはずだ。——将輝の敗北という結果で。

また、それを知っているからこそ吉祥寺は魔法大学で将輝が行っているアプローチを「ナンパな真似でみっともない」と感じているのだった。

『でも四葉家から正式な返事は来てないよ』

「えっ……？」

『向こうは門前払いしたつもりなんだろうけど』

「それは……」

四葉家の言い分も、吉祥寺には理解できた。そもそもあれは司波深雪と司波達也の婚約を発表した直後に、司波深雪に対して婚約を申し込むという無茶苦茶なものだった。四葉家にし

てみれば、馬鹿にされていると感じても無理はない。下手をすれば戦争になっていてもおかしくなかったと吉祥寺は思う。

「つまりあの話って、形式上は宙吊り状態なわけか……」

しかし一条家が正式に申し込み四葉家が正式に回答していないという点だけを切り取れば、あの求婚はずっと未決状態とも言える。ほとんどの魔法関係者は決着済みと考えているだろうが、将輝に対して正式に交際を申し込むなら無視できない、かもしれない。

『黄里恵さんも辛いと思うんだよね。あの人、多分兄さんのことが好きだから』

「三高在学中は、そんな素振りは無かったと思うけど……」

黄里恵は魔法大学だけでなく、三高でも一年後輩だった。成績優秀な下級生として、吉祥寺は高校時代から彼女のことを知っていた。

『高校時代は兄さんのことを、手が届かない相手って思っていたんじゃないかな』

「家族と親戚と一色家から将輝と結婚するように言われて、その気になった？」

『その気になったというより、諦めきれなくなったんだと思う。家族と親戚だけじゃなく、一色家まで後押ししてくれるんだもん。もしかしたら、って期待するのも当然じゃない？』

色々なものが見えてきた、と吉祥寺は思った。

（将輝の考えそうなことだよ。馬鹿なんだから、本当……）

「茜ちゃん。ありがとう。疑問に感じていたことが、大分分かった気がするよ」

『そう？　役に立ったなら嬉しいな』

茜は弾む口調でそう言って、

『真紅郎君。兄さんと、黄里恵さんのことをよろしくお願いします。真紅郎君が二人の関係を態々私に訊いてきたってことは、限界が近付いてきているんでしょう？　それを何とかできるのはきっと、兄さんが一番信頼している真紅郎君だと思うから……』

改まった声で、そう付け加えた。

「……ベストを尽くすよ」

吉祥寺はその場凌ぎではなく、そう応えた。

◇　◇　◇

七月四日、日曜日。

吉祥寺は将輝を魔法大学に呼び出した。

魔法大学の学生が日曜日に登校するのは別に珍しいことではなく、キャンパスには行き交う多くの学生が見られる。特に将輝のような、仕事で講義やゼミを休みがちな学生は、その遅れを取り戻す為に日曜日を利用することが多い。

その学生たちの通り道から外れたキャンパスの隅、並木道の端。覆い被さるように伸びた枝

が作る緑の天蓋の下で、人目を避けるように吉祥寺（きちじょうじ）は将輝（まさき）と向かい合っていた。

「ジョージ、いきなりどうしたんだ？」

こうして吉祥寺（きちじょうじ）が将輝（まさき）を呼び出すのは、珍しいことだった。

「鶴画（つるが）さんのこと、聞いたよ」

何の前置きもなく、吉祥寺（きちじょうじ）が本題の口火を切る。

「茜（あかね）か……？」

将輝（まさき）が正しい推測を元に顔を顰（しか）めた。

「その話は昨日済んだじゃないか。俺もちゃんと考えている」

だから急（せ）かすな、繰り返すなと将輝（まさき）が言外に求める。

しかし吉祥寺（きちじょうじ）は、それを無視した。

「将輝（まさき）は鶴画（つるが）さんとの結婚が嫌で、あんな真似（まね）を続けているの？」

将輝（まさき）が思わず左右を見回す。ここは人里離れた山奥ではない。比較的学生が少ない場所を選んでいるが、誰も通らないというわけではないのだ。

「心配しなくても、ちゃんと遮音魔法を使っているよ。気付かなかった？」

この指摘を受けて将輝（まさき）は、すぐ近くで発動している魔法に気がつかないほど自分が動揺していることを覚（さと）った。

「ナンパな男を演じて、嫌われようと考えたのかい」

「……ジョージ、止せ」

「無意味だ。君がみっともない真似を演じる必要は無い」

「もう言うな」

「そんなに鶴画さんのことが嫌いなら、はっきりとそう言ってあげれば良いんだ。その方が鶴画さんの為でもある」

「それ以上言わないでくれ……」

「それなのにいつも側に置いて、思わせぶりな態度を取るなんて。残酷だよ、将輝」

「止めろと言った！」

将輝が声を荒げる。

だが吉祥寺に怯んだ様子は無い。言われたとおりいったん口をつぐんだが、咎める視線を将輝に向け続けている。

「……俺は黄里恵を嫌ってなどいない」

「じゃあ、キープ？　余計悪いよ」

「そんなんじゃない！」

「じゃあどういうつもりさ！」

睨み合う二人。

「ジョージには関係無いだろう！」

「僕は君の親友だ！」

将輝が息を呑む。

「親友がおかしくなっているんだ。心配するのは当然だろう！」

将輝が言葉を失っている隙に吉祥寺は畳み掛けた。

「茜ちゃんだって心配していた！　せめて君の本音が聞けなければ、引き下がれない！」

吉祥寺が荒く息を吐き、将輝が止めていた息を大きく吐き出す。

「もうこんなことは止めるべきなんだ……」

将輝が漏らした呟きには、深い憂いがあった。

その独り言かもしれないセリフに、今度は吉祥寺が息を呑む。

「……どういう意味？」

将輝が一瞬「しまった」という顔を見せたのは、今の呟きが独り言で吉祥寺に聞かせるつもりは無かったからだろう。

もう一度ため息を吐いて、将輝が吉祥寺と目を合わせる。今までも顔は吉祥寺の方へ向けていたが、睨み合うこともしたが、意思疎通を目的にしっかり目と目を合わせたのは、この話し合いが始まってから初めてかもしれない。

「一色と鶴画の関係は、茜から聞いたか？」

将輝の問い掛けに吉祥寺は「聞かせてもらったよ」と頷く。

「どう思った？」

「どうって……」

短く訊ねた将輝に、吉祥寺は、今度はすぐには答えられなかった。

遺伝子の相性で結婚相手を他人が決めるなど、感情的には認めたくない。しかし現代の魔法師の成り立ちと魔法師を取り巻く環境を考えれば、必要悪なのかもしれないとも感じた。

地域によっては未だに魔法師を作り出す為の人体実験が行われているという噂もある。強制受精やクローンに比べれば、結婚という形式を認めるだけまだ人道的かもしれないと、吉祥寺は思ってしまった。

「俺は男だから、女性が本当はどう感じるのか分からない。だが優れた魔法師を産むのに適しているからという理由だけで、抱かれる男を押し付けられる。それは、可哀想だと思う」

「……将輝は、男の立場についてはどう思っているんだい？」

「極論を言えば、男は相手が妊娠した時点でお役御免だ。だが女性は自分の身体の中で新たな命を育てなければならない。好きでもない男の子供をだ。それがどんな気持ちか、俺には想像もつかない」

「……今は人工子宮もあるよ」

「何故、人工子宮の使用率は低いままなんだ？　今では卵子の採取に伴い女性の肉体が傷を負

う事例はゼロに近いと聞く。また妊娠は女性にとって大層負担が重いそうじゃないか。自分の子宮で育てるより人工子宮に任せる方が、肉体的には楽なはずだ。だが今でも自分の胎の中で子供を育む女性の方が圧倒的に多い。何故だ？　そこには、俺たち男には分からない理由があるんじゃないか？」

「……僕も男だから分からないよ」

吉祥寺は俯いて、「お手上げ」と言いたげに首を何度も横に振った。

「じゃあ、将輝は――」

そう言いながら吉祥寺が顔を上げて将輝と目を合わせる。

「――鶴画さんが可哀想だから、自分が彼女に嫌われるよう仕向けているのかい？」

「嫌われました、嫌いになりました、で済む話なら良かったんだがな……」

将輝が目を逸らして遠くを見詰める。

「どういうこと？」

しかし吉祥寺にその意味を問われると、すぐに視線を戻した。

「黄里恵が俺のことをどう思っていようと、鶴画家も一色家も諦めない」

「――っ」

自分の考えが浅かったと吉祥寺は心の中で認めた。これは、最初から本人の気持ちよりも魔法師社会の利益を重視して進めようとされている話だ。確かに「嫌いになった」というだけ

では中止にならないだろう。

「優れた魔法師を生み出す可能性という点では、一色家と鶴画家の組み合わせより一条家と四葉家の組み合わせの方が期待値は高い。一色家と鶴画家の組み合わせには実績があるが、一条家と四葉家は十師族同士。しかも相手はあの司波さんだ。生まれてくる子供は、超一流の才能を持つ可能性が高い」

「……血が強すぎて、子供ができない可能性もある」

「そのリスクを勘定に入れても、どちらの期待値が高いかは明白だ」

将輝の主張の正しさを、吉祥寺は認めないわけには行かなかった。元々「血が強すぎる」などという反論自体が根拠皆無の、無理矢理捻り出したものなのだ。

「だから俺が司波さんにアプローチして見せている限り、魔法界の利益を盾に黄里恵を俺と無理矢理くっつけることはできない。多分、司波さんと司波が正式に結婚するまでは時間を稼げるだろう」

「その後は……どうするんだい？」

「魔法師は早婚が一般的だ。『司波さんのことがまだ忘れられない』とか俺がグズグズ言っていれば、黄里恵は好きな相手との結婚を認めてもらえるさ」

「じゃあ将輝はこれからも……鶴画さんの為にピエロを演じ続けるつもりなのかい？」

何が可笑しかったのか、将輝は苦笑を漏らした。

「誰も笑顔にできないんだ。ピエロとは言えないだろうな。ヒロインの気持ちを弄ぶ憎まれ役か？」

吉祥寺は「おやっ？」と思った。将輝の今の言い方だと、ヒロインは司波深雪ではなく鶴画黄里恵になる。

将輝が無意識に、深雪ではなく黄里恵をヒロインにしているのが吉祥寺には意外だった。同時に、「脈があるかもしれない」と期待感を懐いた。

「……将輝はさっき、『好きでもない男』と言ったけど」

「それがどうかしたか？」

「鶴画さんは将輝のことが好きだ、って茜ちゃんは言ってたよ」

「茜が？　いや、それはないだろう」

「何故？」

「好かれる理由が無い。客観的に考えてみろ。俺は彼女に対してハーレムの王様みたいな、結構最低な真似を続けてきたんだぞ」

「最低だったって自覚はあるんだ……」

吉祥寺がしみじみと呟く。

自分から言ったことだが、その反応に将輝は少し傷付いた。だが今それに気を取られると、話が横道に逸れてしまう。ここはスルーして、将輝は話を進めることにした。

「黄里恵は他人に気を使いすぎる面があるからな。よく気が付くのは美点だが、その所為で上手く自己主張ができないという場面を、俺は何度も目にしている。茜は、黄里恵が家族や親戚から寄って集って『俺を好きになれ』とか言われて、断り切れなくなっているところを見て勘違いしたんじゃないか」

自信たっぷりに断言する将輝。彼は本気で、そう信じていた。

しかし――。

「――勘違いじゃありません！」

突如、将輝の背後に上がる叫び声。

「茜ちゃんの勘違いなんかじゃありません！」

「黄里恵!? 何故ここに……」

振り返った将輝は、涙目で自分を睨む黄里恵の姿を認めた。

将輝が「はっ！」と吉祥寺に振り向く。

「ジョージ！」

「そうだよ。僕が呼んだ」

自分の仕業だと、平然と自白する吉祥寺。その顔に悪びれた様子は一切無い。

「何故こんな真似を!?」

「当事者だから」

「ならば木の陰に隠れている必要は無いだろう！」

「目に付くところに彼女がいたら、将輝は本音を話さなかったじゃないか」

「くっ……」

吉祥寺の決め付けは百パーセント事実だった。その証拠に、将輝は何も言い返せない。

それに将輝には、言い返す余裕も無かった。

「将輝さん！」

「な、何だ」

将輝よりも遥かに、黄里恵は怒っていた。

「いい加減にしてください。私の気持ちを勝手に決め付けないで！」

「す、すまない」

「私が何時、将輝さんのことを嫌っていると言いましたか⁉」

「い、いや……。俺も嫌われているとは……」

「言ってませんよね！」

「は、はい」

黄里恵の勢いに圧倒されて、将輝の口調が畏まる。

「将輝さん」

黄里恵が距離を詰めて将輝の顔を見上げ、彼の瞳を真っ直ぐにのぞき込む。

「私は、将輝さんのことが好きです」

「…………」

「昔からずっと好きでした」

「…………」

将輝はいきなりヘタレ男になってしまったかの如く、何も言葉を返せない。

「家族や親戚に言われたからじゃありません。これは私の、本当の気持ちです」

そこでいきなり、黄里恵が気弱な表情を見せる。

「……それなのにずっと告白できなかったんですから、私も悪いんです。私は、将輝さんに告白する自信がありませんでした。自分が将輝さんに相応しいと、思えなかったんです」

「いや、俺はそんなに大した男じゃない……」

将輝が慰めのように、あるいは言い訳のように呟く。

だが残念ながら、黄里恵は聞いていなかった。

「家族に嗾けられた面は確かにあります。大学では将輝さんの側を離れるなと父から命じられなかったら、将輝さんは優しいから拒絶なんかされないと母が励ましてくれなかったら。私は今でも、将輝さんを遠くから見詰めているだけだった……」

「それじゃあストーカー……」と呟いたのは吉祥寺だ。

無論、将輝も黄里恵もこの呟きは無視した。

「将輝さん、これだけは信じてください」

黄里恵の眼差しから、将輝は逃げなかった。さすがにここで逃げ腰になる程、彼は弱い男ではなかった。

「私は貴方のことが好きです。貴方に、恋をしています。これは私自身の気持ちです」

勘違いしようのない、告白。

「俺は……」

将輝は「何か答えなければならない」と思った。

しかし、言うべき言葉が決まらない。頭の中で纏まらない。

黄里恵が自分の側にいるのは、家に強制されたからだと彼はずっと思っていた。それは完全に誤解というわけではなかったが、将輝が考えていたように「仕方無く」ではなかった。

彼女が自分に恋愛感情を持っていたというのは、完全に将輝の想定外だった。

「将輝」

ここで吉祥寺が助け船を出す。

「君もいきなりで混乱しているだろうから」

将輝を見捨てるつもりなら、吉祥寺は今日ここに彼を呼び出さなかっただろう。

「彼女と少し、二人だけで話し合った方が良い」

吉祥寺は二人に背を向け、その場を立ち去った。

◇◇◇

——暑い。

黄里恵(きりえ)の前で立ち尽くしたまま、将輝(まさき)はそう思った。

当然かもしれない。

今日は七月四日。まだ梅雨は明けていないというのに、朝からよく晴れている。

ここは街路樹の下で二人とも直射日光には曝(さら)されていないが、それでも暑い。いや、むしろ熱い。

それが純粋に気温と湿度の問題か、精神状態が反映してのものだったのかは分からないが、将輝(まさき)はクーラーの効いた屋内に逃げ込むべきだと——逃避気味に——考えた。

「黄里恵(きりえ)、その……暑くないか」

「将輝(まさき)さん、喉が渇いているんですか？　何か買ってきましょうか？」

こういう時、黄里恵(きりえ)は真っ先に自分が動こうとする。点数稼ぎではなく、自然にそう考えるのだ。この気立ての良さを利用して散々彼女を便利に使ってきた過去を思い出して、将輝(まさき)は軽く死にたくなった。

「いや、それより涼しいところに入って話をしよう」

「あっ、そうですね」

「この前の喫茶店に行かないか？」

将輝は何となくキャンパスから出たくなって、取り敢えず思い付いた店を口にする。

「はい、良いですよ」

黄里恵はいつもどおり、将輝の言葉に頷いた。

将輝が正門に向かって歩き出す。彼は歩きながら、黄里恵に何と答えを返すべきなのか、そればかりを考えていた。

黄里恵は黄里恵で、将輝の答えが気になって仕方がない。

二人は気も漫ろ、注意力散漫で、何時交通事故に遭ってもおかしくない状態だった。

だから二人は、自分たちを陰から窺う三人分の視線に気付いていなかった。


大学から歩いて約五分の喫茶店。今日は二人とも冷たい飲み物を注文した。

向かい合わせに座り、飲み物をオーダーした時点で将輝は後悔を覚えていた。

「あっ、取ってきます」

今日も黄里恵はセルフサービスを選択し、立ち上がってカウンターに向かう。

彼女が十分離れたところで、将輝はため息を吐いた。

(なんで俺はこんなに人が多い場所を選んだ……)

これから黄里恵にしようとしている話は十師族絡みという点を横に置いても、他人には余り聞かれたくないものだ。だが魔法大学のキャンパスならともかく、こんな街中で気軽に魔法は使えない。今日は日曜日。普段は魔法大学の学生しかいないこの店にも一般人が大勢来ている。その中には警邏中なのか何かの捜査中なのか、私服刑事らしき姿もある。──私服刑事が警邏に出るものなのかどうか、将輝は知らないが。

(遮音フィールドは……止めた方が良いだろうな。くそっ、大学のカフェにしておけば良かったぜ)

学食やカフェで知り合いに見られたくなかったから学外に出たのだが、音を遮断する魔法を使えない状況は見落としていた。

「お待たせしました」

黄里恵が戻ってくるや否や、将輝は慌てて表情を取り繕う。

(……盗み聞きをするような恥知らずはそうそういないだろ)

結局将輝はそう考えて、自分を無理矢理納得させた。

黄里恵が持ってきてくれたグラスのストローに口を付けて、取り敢えず喉の渇きを癒やす。

そして将輝は、改めて彼女に向き直った。

将輝の雰囲気が変わったことを敏感に感じ取って、黄里恵が緊張に襲われ硬直する。

だがあいにくと、彼女をリラックスさせる言葉を掛ける余裕は将輝にも無かった。

「黄里恵」

「は、はいっ」

「さ、さっきの話だが」

緊張しているのは黄里恵だけではなかった。

将輝がブラックのままのアイスコーヒーを、ストローからではなく直接グラスに口を付けて一気飲みをする。

「ゴホッ、ケホッ」

慌てて飲んだ所為でコーヒーが気管に入ったのか。

「大丈夫ですか⁉」

咽せる将輝に、黄里恵が慌てて腰を浮かせる。

それを片手で制して、将輝は照れ臭そうに笑った。

「まったく……締まらないな、俺は」

「少しくらい隙があった方が、親しみが持てて良いと私は思います。……何から何まで完璧だと、近寄り難くなりますから」

「そうかな……」

「はい。私はそういう人の方が好きです」

「――そうか」

雰囲気が変わった。

二人の顔から緊張が、身体から力みが抜けた。

「黄里恵。俺はお前のことが嫌いじゃない。思わせぶりな言い方をさせてもらえるなら、好ましく思っている」

黄里恵は穏やかな表情で将輝を見詰めている。

次のセリフを待っている。

「だが俺は黄里恵を、恋愛の対象として見たことは無い」

黄里恵にショックを受けた様子は無い。むしろ「やっぱり」という顔をしていた。

「あの、失礼かもしれないことを訊いても良いですか？」

将輝が訝しげな目付きになる。

「……いいぞ」

しかし彼は、ダメだとは言わなかった。

「恋愛の対象として見ていないって、私だけじゃありませんよね」

「……まあ、そうだな」

「それは司波さんがいらっしゃるからですか？」

「……そうだ」

一瞬言葉に詰まりながら、将輝はきっぱり頷いた。

いらっしゃるわけではないのでしょう？」

「……そういえば聞かれていたんだったな」

「でしたら、あの方の存在は将輝さんが恋をしない理由にはならないはずです」

黄里恵が将輝をじっと見詰める。

その眼差しを受けて、将輝は居心地悪そうに身動ぎした。

「初恋もまだ経験していない、ということはありませんよね？」

黄里恵は大真面目な顔で訊ねた。

「初恋くらい、覚えがある」

将輝はさすがに、ムッとした表情になっている。

「でしたら将輝さんは、恋の仕方が分からなくなっているのだと思います」

「……なに？」

「ですから、恋の仕方が……」

「いや、聞こえなかったわけじゃない」

「本当ですか？」

しかし黄里恵は将輝に、疑わしそうな目を向けている。

「何が言いたい？」

「先程、吉祥寺さんとのお話を聞かせていただきました。将輝さんは司波さんに、恋をして

将輝が訊き返したのは、意味が理解できないからだった。

「ええっと……」

黄里恵も説明しなければ分かってもらえないとは予想していなかったようだ。

「……司波さんって素敵な人ですよね。容姿も、才能も。同じ人間とは思えないくらい輝いています」

「それが何か……？」

口では訝しげに問い返しているが、将輝の頭部は大きく縦に動いていた。

「将輝さんはきっと、あの方の輝きに圧倒されて心が麻痺しているんだと思うんです」

「……盲目的になっていると言いたいのか？」

「いえ、そうではなくて」

黄里恵は急いで頭を振った。

「あの方が魅力的すぎて、女性の魅力が分からなくなっているのだと思います。……いえ、これでは表現がきれいすぎますね」

すぅっ、と黄里恵が深呼吸する。頬が少し赤らんでいた。

「将輝さんは、男として女を求める心が麻痺してしまっているのではないでしょうか」

黄里恵はそのセリフの後、小声で「身体の方は分かりませんけど」と付け加えた。彼女が赤面しているのは、この追加部分の所為だと思われる。

「だから私だけじゃなく他の女の人にも心を動かされない……。勝手ながら、私はそう思っています」

将輝が手許に視線を落として考え込む。

「……そうかもしれないな」

短くない沈黙の後、将輝はぽつりと呟いた。

「もしかしたら俺は、身の程を忘れて太陽に近付きすぎたイカロスなのかもな。融け落ちたのは翼ではなく心だが」

「それは違います」

自嘲の笑みを浮かべていた将輝は、思い掛けないきっぱりした口調に驚き、顔を上げた。

「心は蠟細工のイミテーションではありません。将輝さんの心は、融けて無くなってなどないはずです」

「……そうだろうか？」

「はい」

黄里恵は自信たっぷりにニコッと笑った。

「将輝さん。試してみませんか」

その笑みはピュアなものではなく、小悪魔的な計算高さを感じさせるもの。彼女の普段の印象にはそぐわないものだったが、不思議と将輝に嫌な感じは与えなかった。

「試す？　何を？」

「私をお試しの恋人にしてみませんか？　私は全力で、将輝さんに女として愛してもらえるよう頑張ります。将輝さんが『やはり恋愛対象としては見られない』と感じたら、いつ捨てても構いませんから」

「しかしそれは不誠実すぎる」

「不誠実でも良いんです。私が望んでいるのですから」

「いや、それは……」

もしかしたら黄里恵は、既成事実で将輝を絡め取ろうとしているのかもしれない。

将輝も薄々それを感じていた。

そして、「それでも良いか」という気になっていた。

「分かっ……」

「請稍等！」

しかし彼が「分かった」と言い掛けた時、然程大きな声ではないが強い口調で、一人の少女が将輝の背後から会話に割って入った。

不意打ちに驚いて振り返る将輝。

黄里恵は目を丸くして硬直している。

「待ってください」

日本語で言い直したその少女は赤い、魔法大学付属第三高校の制服を着ていた。

「………劉麗蕾、さん？」

「……レイラさん？」

前者は黄里恵、後者は将輝の声。

二人が言うように、彼女は元大亜連合の国家公認戦略級魔法師・劉麗蕾、一条の分家に養子として入り、今は帰化して一条レイラと名乗る少女だった。

「茜……。それにジョージまで……」

劉麗蕾に続いて姿を見せた人影に、将輝が唖然とする。

「茜、お前、どうしてここに……？」

「真紅郎君から話を聞いて、気になっちゃって」

「ジョージ！」

「……ゴメン」

謝りながら吉祥寺は将輝と目を合わせようとしない。

「……茜、お前な。明日も学校だろう」

「今時金沢・東京なんて日帰り圏内だよ」

将輝は呆れ声で妹を問い詰めるが、茜はまるで何処吹く風だ。

「それより兄さん。レイちゃんが兄さんに何か、言いたいことがあるみたいだよ」

「レイちゃん」というのは、ほぼ茜だけが使っている劉麗蕾改め一条レイラの愛称だ。妹に促されて将輝が椅子に座ったまま身体ごとレイラ——以後現在の名前に呼称を統一する——に向き直った。

レイラはとても不満そうな顔をしていた。

「将輝さん。たとえ本人が納得していたとしても、不誠実なのはいけないと思います」

「そ、そうだね」

「だったら私とお付き合いしてください！」

「えっ……？」

前後で整合が取れていないレイラのセリフに、将輝が呆気に取られる。

「そんな理由でお付き合いするんだったら、相手は私でも良いと思います！」

「いや、待って」

将輝は右手をレイラの前に翳し、左手で頭を抱えた。

「……レイラさんは、お試しの恋人なんか不誠実だと怒っているんだよね」

両手を下ろして将輝が訊ねる。

「そうです」

レイラは自分の言動に何の疑問も覚えていない顔だ。

「それで自分を恋人に、って矛盾していないかな」

「何故（なぜ）ですか？」

レイラは本気で首を傾（かし）げた。

将輝（まさき）はもう一度、頭を抱えたくなった。

「私は本気ですから」

しかし、次のレイラのセリフで彼は凍り付く羽目になる。

「偽（にせ）の恋人じゃありません。私の恋は本物です」

「そんなの私だって！」

展開に置いていかれていた黄里恵（きりえ）が、危機感に駆られて立ち上がった。

「……鶴画（つるが）さん、落ち着いて」

決まり悪げに目を逸（そ）らして沈黙していた吉祥寺（きちじょうじ）が黄里恵（きりえ）を宥（なだ）める。

「注目を集めているから」

大学生のカップルと女子高校生による痴話喧嘩（ちわげんか）。――他の客からは、そう見えているに違いない。

「ええと、ここはいったんお開きにしない？　この件は機会を改めることにして」

「そうだな！　そうしよう！」

吉祥寺（きちじょうじ）の幕引き提案に、将輝（まさき）が喰（く）い気味に同意する。

そして彼はテーブルの精算機を使わず、番号札を持って立ち上がり逃げ出すようにレジに向

かった。——それは紛れもなく、戦略的撤退だった。

七月五日、月曜日の朝。

多くの学生が行き交う魔法大学のキャンパス。今朝の深雪の隣には、達也ではなくリーナの姿があった。

深雪とリーナの反対側から、女子学生に囲まれた男子学生のグループが歩いてくる。リーナはその中心に将輝がいることに気付いて、早々に追い払うべくこっそり身構えた。

「司波さん、おはようございます」

将輝が笑顔で深雪に挨拶をする。リーナのことが目に入っていないかの如き振る舞いは、いつものとおり。

しかし、いつもならその後に続く軽薄なセリフは無く、深雪が挨拶を返した後はそのまますれ違い、離れていった。

「……彼、何かあったの？」

リーナが深雪に、訝しげに問う。

「さあ？　でも、何か進展があったのかしら」

振り返り、小首を傾げる深雪。

彼女の視線の先には将輝と、いつも彼の側にいる下級生。

深雪の目には二人の距離が、先週よりも近くなっているように見えていた。

失恋（ロスト・ラブ）－CASE：光井ほのか－

魔法大学二年生の七宝琢磨は、三年前——二〇九七年二月に人気女優の小和村真紀と一つの約束を交わした。師族会議を狙った爆弾テロで多くの一般人が犠牲になったことにより反魔法主義が勢いを増す中、それに対抗する為マスコミの力を借りる代わりに——小和村真紀の父親は新興メディアグループのオーナーだ——将来、真紀の願い事を何でも叶えるという約束だ。

(『魔法科高校の劣等生』第十八巻)

一年前、琢磨は真紀から約束の履行を求められた。余りにも想定外の願い事に琢磨は散々抵抗したのだが結局断り切れず、彼は真紀が差し出す契約書にサインした。

そして先月末、具体的には二一〇〇年六月二十九日火曜日、琢磨はようやく真紀の依頼を完遂し、一日おいた今日七月一日、久し振りに肩の荷を下ろして魔法大学に登校したのだった。


(何だか久々な気がするな……)

魔法大学の正門を前にして、琢磨は自分でも意外なほど深い感慨に耽っていた。小和村真紀の依頼を果たしている最中も大学には通っていたが、あちらの仕事は中々スケジュールどおりに進まず一限目の講義しか受けられないとか三限目からしか出席できないとか、そういう細切れの履修状況が続いていた。

その為この一年、成績の方は思わしくない。ようやく学業に集中できると、琢磨は心機一転で張り切っていた。

「七宝（しっぽう）」

足を止めていた琢磨（たくま）を訝（いぶか）しげに見て通り過ぎていく学生が多い中、一人の男子が背後から彼に声を掛けた。

「おはよう、千川（せんかわ）」

声を掛けてきたのは琢磨（たくま）と同じ二年生で一高ＯＢ。琢磨（たくま）とは高一と高三の時に九校戦モノリス・コードでチームを組んだ仲であり、魔法大学における琢磨（たくま）の最も親しい友人だ。

「おう、おはよう。珍しいな」

「何が？」とは、琢磨（たくま）は問い返さなかった。

琢磨（たくま）としては不本意だが、ここ一年で彼が一限目に余裕を持って間に合う時間に登校するのは確かに珍しかった。

「……今日からは珍しくなくなる」

負け惜しみか決意表明か。どちらとも解釈できる応えを返すのが、琢磨（たくま）の精一杯だ。

「じゃあ、撮影は終わったのか？」

この返事で千川（せんかわ）はピンときたようだ。彼は大学で最も親しい友人として、琢磨（たくま）が映画の撮影に参加していたことを知っている数少ない人物の一人だった。

そう。女優・小和村真紀（さわむらまき）の「お願い」とは映画の出演オファーだった。しかも真紀（まき）の、年下の恋人役──、つまり主演男優である。

芸歴ゼロの新人のデビュー作がいきなり主演、しかも映画というのは世間の常識から外れがちな芸能界でも異例すぎることだった。琢磨が尻込みするのも無理はない。と言うか、当然だ。監督を始めとする映画のスタッフも琢磨の起用に反対したが、真紀は強情だった。

もちろんそれには理由があった。この新作映画は、真紀が琢磨を自分の相手役に起用することを想定して親しい女性作家に書き下ろしてもらったストーリーを元にしている。そして琢磨が演じることを予定されていた主人公は、現代社会に良く似たディストピアで迫害される魔法使いの青年という役だった。

これを本物の魔法を使って撮影するというのがこの映画の一つのセールスポイントで、琢磨以外にもセリフが少ない脇役やエキストラに多くの魔法師――レベルが低く魔法技能を用いる職を得られていない不遇な魔法師たち――が予定されていた。

琢磨が真紀に押し切られたのは三年前の約束を果たすという理由が最も大きかったが、不遇な魔法師の助けになりたいという思いも彼にはあった。まあ、そこを真紀に上手く突かれたのだが。

結局、最大のスポンサーが真紀の父親の会社だったという点が決め手になって、彼女の我儘は通った。そして琢磨に役者としてのスキルを叩き込む短期集中特訓に二ヶ月、撮影に十ヶ月を掛けて一昨日クランクアップしたという次第だった。

「いつ公開だっけ」

「十二月と聞いている」

撮影は終わってもポスプロ（ポスト・プロダクション：撮影後編集作業）がまだ残っている。実際に映画館で上映されるのは、約半年先だ。

「年末か。大作が競合する時期だな」

「役者で食っていくつもりは無いからどうでも良(い)い」

「まあまあ。絶対に見に行くぜ」

自分の下手くそな演技を知り合いに見られたくない、というのが琢磨(たくま)の本音だ。だが冗談でも「見るな」とは言えない。共演した魔法師は、今後も映画やドラマの世界で生きていこうと考えている者が多かった。彼らの為(ため)に、映画はヒットしてくれなければ困るのだ。

「よろしく頼む」

琢磨(たくま)は自分の感情をねじ伏せて、映画で身に着けた「真摯に見える表情」で友人の激励に応えた。

琢磨(たくま)と千川(せんかわ)は足を止めて話していたのではない。映画の話が一段落した時には、一限目の大教室に着いていた。

今日最初の講義は魔法刑法。魔法の行使に関わる刑法の特別規定に関する講義だ。七宝(しっぽう)家の表の職業は天候デリバティブを得意とする投資顧問業。天候予測に必要な魔法技能は父親から

直接教えを受けている。大学では会社運営と魔法の行使に必要な法律知識を学ぼうと琢磨は決めていた。そして投資顧問業の傍ら、魔法師の為の弁護士事務所を開きたいというのが彼の密かな野望だった。その野望の為にも、学業が疎かになっていたこの一年間は彼にとって不本意なものだったのである。

「千川。最近何か、変わったことはなかったか？」

講義開始まで、まだ少し時間がある。琢磨は隣の席に座った千川にそう訊ねた。

実はこの男、千川は探偵も斯くやという事情通である。大学内の噂は彼に聞けば大抵分かる。何と女子の間だけで囁かれている噂にまで精通している程だ。約一年、満足に通学できなかった琢磨にとっては貴重な情報源だった。

「そうだな。今週はずっとシールズ先輩が休んでいて『社長』が大学に来てるぜ」

「司波先輩が？」

『社長』というのはこの二ヶ月間で大学内に広まった達也の通称だ。それ以前は深雪と区別する為、下の名前で呼ぶほど親しくない学生からは「男の方の司波（先輩）」「姫じゃない方の司波（先輩）」などと呼ばれていた。――面と向かって使われる呼び方ではなかったが。

なお深雪の方は達也と区別する為に、やはり下の名前で呼ぶほど親しくない学生から『姫』とか『姫様』とか『雪姫』とか呼ばれている。こちらは、本人を前に直接これらの呼び方を使う学生も少なくない。

「ああ。相変わらず仲睦まじくべったりだ。羨ましいぜ、畜生」

——千川満、もうすぐ二十歳。現在彼女募集中。

「……他には？」

同じく彼女がいない琢磨が、何だか居た堪れなくなって新たな話題を求める。

「お、おう、そうだな……」

千川にも自虐趣味はなかったので、真剣に次の話題を記憶の中から探した。

「……先々週くらいからかな。光井先輩につきまとう男がいる」

「なに？」

「まあ、相手にされていないようだがな」

千川が三流の悪役じみた笑い声を上げる。考えた末の話題がこれ。この男はかなり性格が悪いようだ。

「……その可哀想な男は誰なんだ？」

「ええと、誰だったかな……。俺も少し離れたところから見ただけだから。顔に見覚えはあったんだが……、ああ、そうだ。高三の時のモノリス・コードで対戦した九高チームの、名前は確か酉位真友」

「……あいつか」

琢磨はその名前に覚えがあった。

二〇九八年の九校戦モノリス・コード。琢磨率いる一高チームは、文弥率いる四高チームに敗れはしたものの他の七試合は全て勝利し、種目別順位二位、総合順位一位で高三の夏を締め括った。

そのモノリス・コードのリーグ戦で、敗北した対四高戦に次いで苦戦したのが第九高校チームとの試合だった。対九高戦は最終的に一高のモノリス前でディフェンスを務めていた琢磨と相手のオフェンスとの一騎打ちになり、琢磨が辛くも勝利することで幕が下りた。その時の九高オフェンスが西位真友だ。

「あいつが光井先輩に……」

あの時は勝利したとはいえ、琢磨にとって西位真友は因縁の相手だ。その男がほのかに言い寄っていると聞いて、琢磨は心がざわつくのを感じた。

「えっ、なに？　七宝ってもしかして、光井先輩を狙ってんの？」

七宝の表情を敏感に読み取った千川がニヤニヤ笑いながら訊ねる。——いや、冷やかす。

「そんなんじゃない」

七宝はポーカーフェイスでクールに答えた……つもりだったが、余り上手く行っているとは言えない。

この時に千川から追撃がなかったのは「武士の情け」ではなかった。

「おい、七宝。噂をすれば、だぜ」

実は、ほのかと雫（しずく）もこの講義を取っている。敢（あ）えて離れた席に座っているのでほのかたちが琢磨（たくま）に気付いているかどうかは分からないが、琢磨（たくま）はほのかをしっかり認識していた。

そのほのかの席に、背の高い男子学生が近付いていく。背が高いといっても百八十センチ前後でこの時代では特別に長身というわけではない。小顔でほっそりしているので実際よりも背が高く見えるのだ。なお現代の風潮は肩幅の広い男の方が異性に好まれる傾向にあるので「小顔でスリム」というのは必ずしもアドバンテージにはならない。

「……随分ナンパな態度だな。あんなヤツだったか？」

ほのかに対する真友（まとも）の馴（な）れ馴（な）れしい振る舞いを見て、琢磨（たくま）が顔を顰（しか）める。

「まあまあ。見てなって」

腰を浮かせ掛けた琢磨（たくま）を、千川（せんかわ）が宥（なだ）めた。

良く見れば、ほのかは愛想笑（あいそわら）いこそしているが何となく迷惑そうにしているのが分かる。ちなみに、ほのかの隣に座る雫（しずく）は、何故（なぜ）か真友（まとも）に目を向けようともしない。

やがて、ほのかが愛想笑（あいそわら）いのまま首を横に振った。

西位真友（とりいまとも）は肩を落とす風でもなくあっさり引き下がり、二つ隣、一つ後ろの桂馬（けいま）跳びの席に座る。

それでも、琢磨（たくま）よりほのかに近い席だった。

琢磨に向けられた「光井先輩を狙っているのか」という千川の指摘は、当たらずといえども遠からずだった。

琢磨がほのかのことを意識したのは、第一高校入学直後。琢磨が課外活動連合会、通称「部活連」の先輩の十三束鋼から鉄拳制裁を受けた時のことだった。

殴られたことについては、自分が悪かったと今では納得している。いや「今では」というのは誤解を招く言い方だ。その後、琢磨は天狗の鼻をへし折られた。自分の振る舞いが身の程知らずに傍若無人なものだったと理解させられた。その時点で彼は、自分の非を認めていた。

しかし殴られた直後の琢磨は、何故自分がそんな目に遭うのか分からなかった。彼が主観的な理不尽に打ちのめされていたあの時、手を差し伸べてくれたのはほのかだけだった。たったそれだけのことだが、その時の印象は琢磨の心に強く刻まれた。

ただ、彼が今まで踏み出せずにいた理由もある。

三年前、琢磨はほのかに対してやらかしてしまった。

もう少し詳しく言えば、あれは二〇九七年一月上旬のことだった。

達也と深雪の婚約が発表されてショックを受けていたほのかに対し、琢磨は弱っている心に

付け込むような真似をしてしまった。

琢磨自身には、そんな卑怯な真似をする意図はなかった。彼はただ、悲嘆に暮れるほのかを見ていられなかっただけだ。だが第三者、特にほのかの友人の目から見れば、失恋したばかりで心が弱っている彼女に付け入ろうとしているようにしか見えなかった。雫からはっきり、そう言われた。詰られて、琢磨は自分でもそう見えてしまうと納得してしまった。

その罪悪感の記憶があるから、琢磨はほのかに対して一歩を踏み込めないでいた。

今までは「ほのかは達也のことを諦めていない」と安心している面があった。達也がほのかに靡くはずがないからだ。

ほのかが達也を追い掛けている限り、彼女は他の男のものにはならない。――そんな卑怯な計算で、琢磨は自分を慰めていた。

しかしライバルが現れたとなれば、そんな悠長なことは言っていられない。ただ琢磨はまだ、自分がほのかのことをどう想っているのかも分かっていない。単に絆された記憶を引きずっているだけなのか、それとも恋愛感情を懐いているのか。

（――まず、自分の想いと正面から向き合うところからか）

（でもそれだって、一人でうじうじ考え込んでいるだけでは始まらない）

琢磨は行動を起こす決意をした。

午前の講義が終わり、ほのかは大急ぎで荷物を纏めて立ち上がった。

「雫、先に行くね」

「無理だと思うよ」

小声で返された雫の応えを、ほのかは聞いていなかった。雫が「無理」と口にした時点で、ほのかは既に背中を向けていた。

廊下に消えたほのかの背中を見送って、雫は小さく頭を振りながらゆっくり立ち上がった。ほのかが何を急いでいたのか、改めて確かめるまでもない。ほのかは――。

「北山先輩」

不意に背後から名前を呼ばれて振り返る。

「七宝」

声を掛けてきた相手は、一高の一年後輩だった。

意外感はあったが、雫は驚きを覚えなかった。彼女は琢磨が専攻に魔法法学を選んだことを知っている。雫が特別な関心を持って調べたのではない。一高OG間の情報網から自然に耳へ飛び込んできたのだ。

ならばこの教室にいても不思議ではない。別にほのかが目当てでなくても、魔法法学専攻なら二年か三年で履修すべき講義だからだ。

もっとも今、声を掛けてきた彼の用事は、ほのかに関することだろう。ほのかに声を掛けようとして、間に合わなかったに違いない。——雫(しずく)はそう決め付けた。

「ほのかなら多分学食だよ」

「光井(みつい)先輩に用なのではありません」

雫(しずく)が首を傾(かし)げる。ほのかのこと以外で、彼女は琢磨(たくま)に話し掛けられる心当たりが無かった。

「あっ、いえ。ご相談したいのは光井(みつい)先輩のことですけど」

「ほのかのことで、私に……？　うん、良(い)いよ」

雫(しずく)は訝(いぶか)しげに眉を顰(ひそ)めたが、長く考えることなく頷(うなず)いた。

「ちょっと待って」

雫(しずく)は携帯端末を取り出し、電筆(でんぴつ)（電子ペン）を画面に走らせた。多分、メールを送ろうとしているのだろう。

「——着いてきて」

電筆を端末のホルダーに戻した雫(しずく)が、その端末をバッグにしまいながら琢磨(たくま)に背を向けて歩き出した。

雫が琢磨を連れていったのはキャンパス地下の停車場だった。

「乗って」

雫は運転手付きの――自動運転ではない――大型自走車に乗り込み、中から琢磨を手招きした。

「適当に十分くらい一周してください」

琢磨が乗り込みドアが自動的に閉まったのを見届けて、雫は運転手にそう指図する。

運転手が「かしこまりました」と返事をしたのと同時に、自走車は静かに走り出した。

「それで？」

「はっ？　あの……」

予想外の展開に戸惑っている琢磨に、雫は「分からないの？」とばかりため息を吐いた。

「聞かれたくない話をするなら、車の中が一番確実」

琢磨の目には突拍子もなく見えた雫の行動には、納得の合理性があった。琢磨が「何故分からなかった……」と思わず頭を抱えそうになった程だ。

「だから早く話して」

琢磨のそんな心情にはお構いなしに雫が催促する。いや、これはもしかしたら、彼が気まずい思いに囚われないよう配慮した言動だったのかもしれない。

「……北山(きたやま)先輩はご記憶でしょうか。俺は一度、先輩から『最低』と叱られました」

雫(しずく)が小首を傾(かし)げる。「んーっ……」という声が漏れたから、記憶を漁(あさ)っているのだろう。

十秒ほど考え込んで、雫(しずく)は「ああ、あれ」と呟(つぶや)いた。

「覚えているよ」

そして琢磨(たくま)に肯定の答えを返す。

「あの時の俺は、確かに『最低』と言われても仕方がなかったと思います」

「それで？」

「今ならば大丈夫でしょうか？　最近、余り大学に来られなかったので、俺には今の光井(みつい)先輩の状況が分かりません。本来ならばしばらく様子を窺(うかが)うべきだと思いますが、それで手遅れには、したくありませんから」

「ほのかにアプローチしたいの？」

「はい。一人で悩んでいるだけでは自分の本心すら分かりませんので」

「手遅れっていうのは西位(とりい)君のこと？」

「西位(とりい)が光井(みつい)先輩の周りをうろついているのを、恥ずかしながら今日知りました」

「そう……」

雫(しずく)の表情は一見変わっていない。だが例えばほのかなら、雫(しずく)の口角が微妙に上がっているのに気付いただろう。

「自分の思うとおりにしたら良い。私はほのかの友達だけど、それでも私が口を出していい筋合いじゃないと思う」

　突き放すセリフ。だがその声音は、冷たくはなかった。

「そう、ですね……」

　ただ雫が言うように、彼女のアシストを期待するのは確かに筋違いだったので琢磨は食い下がらなかった。

「七宝」

「何でしょうか」

「ほのかのことが好きなの？」

「それをまず、はっきりさせたいと思っています」

「そう……」

　琢磨の答えに、雫は少しだけ分かり易くなった微笑みを浮かべた。

　地下停車場で琢磨と別れ、雫は学食の入り口でほのかと合流した。

「雫、何処に行ってたの？」

「達也(たつや)さんたちには会えた？」

ほのかの問い掛けに、雫(しずく)は答えではなく質問を返した。

「ううん、見付けられなかった」

「意外にサバサバしてるね？」

雫(しずく)が言うように、ほのかの態度は余り残念がっている風ではなかった。

「そんなことないよ。今日こそ一緒にお食事したかったんだけどな」

そう言いながらほのかはやはり、それ程がっかりしているようには見えない。

「達也(たつや)さんを招いて晩餐会(ばんさん)でも開こうか？」

胸に湧いた違和感に刺激されて、雫(しずく)は何となく考えていたプランを口にする。なお、晩餐会(ばんさん)という表現は決して大袈裟(おおげさ)ではない。彼女は父親から、株式会社ステラジェネレーターの大口スポンサーとして活動する為(ため)の大きな裁量を与えられている。

「ううん、いいよ。自分で頑張ってみる」

この「いいよ」は賛同ではなく不要の意味だ。

「それに晩餐会(ばんさん)とかじゃ、きっと肩が凝(こ)っちゃうから」

(――やっぱり、達也(たつや)さんに対するほのかの執着は薄れている)

雫(しずく)はそう思った。ただ、その理由は分からない。

それがほのかにとって、良(い)い変化なのか悪い変化なのか判断が付かなかった。

「それより雫、私の質問に答えてもらってないよ。何をしていたの？」

「恋愛相談を受けてた」

雫は配膳カウンターに向かって歩き出しながら嘘ではない簡潔な答えを返す。

「えっ？　雫、告白されたの？」

「相談だよ」

だから自分じゃない、と雫は言外に否定する。

「あっ、そうか。じゃあ、誰なの」

「内緒」

「そんなこと言わずに教えてよ」

「ダメ。センシティブ情報だよ」

「センシティブ情報ってそういう意味だっけ……？」

「とにかくダメ」

「ケチ～」というほのかの声を聞きながら、彼女の変化が本人にとって良いものであることを雫は祈るように願っていた。

ほのかは出るべき所が出て引っ込むべき所が引っ込んでいる、スタイル抜群の美女だ。大学生になり、制服を脱いで私服になるとそれがいっそう際立（きわだ）つようになった。

だからと言うべきか、ほのかに言い寄る男子学生は、実を言えば多い。だが西位真友（とりいまとも）がほのかにアプローチしている理由は、ナイスバディの美人だからではなかった。

では何か。

きっかけは、親近感だった。

日本の現代魔法師には『エレメンツ』と呼ばれる一派が存在する。魔法師開発プロジェクトの初期、現在の十師族（じゅっしぞく）を生み出した魔法師開発研究所が稼働を始める前。世界にまだ、四系統八種の現代魔法スキームが確立していなかった頃。当時は古来からの常識に則って伝統的な属性、「地」「水」「火」「風」「光」「雷」といった分類に基づくアプローチが有効だと考えられていた。このコンセプトに従って開発されたのが『エレメンツ』の血統だ。

エレメンツは特定の事象に対する干渉力を強化した魔法師。言い換えれば、特定のタイプの事象干渉力＝霊子（プシオン）波を出力する魂を宿し易（やす）い肉体を持つ魔法師だ。

魔法師が一般に持つ左右対称の骨格の他に、エレメンツはそれぞれが肉体的な特徴を持つ。

例えば「火」のエレメンツはインナーマッスルが発達し外側の筋肉が付きにくい。「水」は男女を問わず体脂肪率が低い。「地」は骨密度が高く、その為に骨が太くならない（太くなる必要が無い）。

そして「光」は性ホルモンの分泌が多い。男性であれば髭や体毛が濃い、筋肉が付きやすい、など。女性であればバストとヒップが発達し、ムダ毛が無い、など。

真友は高一の時の九校戦に出ていない。応援にも行っていない。だから高校時代のほのかを知らなかった。カリキュラムの関係で、大学一年生の間はほのかに会うことも無かった。

彼は二年になって初めて、ほのかの姿を近くで見た。そしてすぐに、彼女が「光」のエレメンツだと分かった。女性的な特徴が強い体型だからといってエレメンツとは限らないが、真友は直感的に見分けられた。彼もまた、エレメンツだからだ。

西位真友の属性＝象徴元素は「風」。「風」のエレメンツの外見的な特徴は、首が長く外耳が大きいという分かりやすいもの。実際に真友はそのままの見た目をしている。彼が小顔に見えるのは、首が長いから実際以上にそんな印象になるという面が強い。また耳が大きいといっても縦に長いので、ファンタジー映画に出てくる「エルフ族」のようなイメージもある。

最初は同じエレメンツとして、自分のことも「風」だと分かってもらえるだろうかという興味で真友はほのかに近付いた。だがすぐに、ほのかの魅力の虜になった。本気になった彼は、達也という「恋敵」の存在もすぐに調べ上げた。

魔法大学の学生は苟（いやしく）も魔法に関わる者として、司波達也（しばたつや）の名前を知っている。彼の実績は他と隔絶したものだ。辛（かろ）うじて、新たな国家公認戦略級魔法師となった一条将輝（いちじようまさき）が知名度で並ぶ。だが恐ろしさ――味方にも畏怖されるという意味では、達也（たつや）が数段上だ。

その司波達也（しばたつや）がライバルだと分かると、大抵の学生は諦める。だが真友（まとも）は引き下がらなかった。むしろ「報われない恋」から惚（ほ）れた女を救い出すと、闘志を燃やした。

どれだけほのかに素っ気なくされても、西位真友（とりいまとも）は挫（くじ）けない。「風」は気紛（きまぐ）れというイメージがあるが、彼の苗字（みようじ）「酉位（とりい）」は酉の方位、即（すなわ）ち「西」を意味する。彼は「西風」、常に一定の方角から吹く偏西風の一途（いちず）さを備えていた。

司波達也（しばたつや）の名にも怯（ひる）まない酉位真友（とりいまとも）は、七宝琢磨（しつぽうたくま）にとって手強（てごわ）いライバルに違いなかった。

金曜日のランチタイム。琢磨（たくま）は早速行動を開始した。

「司波（しば）先輩、光井（みつい）先輩。ご一緒しても良いですか？」

達也（たつや）、深雪（みゆき）、ほのかが一つのテーブルを囲んでいるところに、琢磨（たくま）は声を掛けた。三人ともお皿の中身がほとんど減っていないところから見て、食べ始めたばかりのようだ。この状況で声を掛けられるのは全員が顔見知り、先輩後輩の関係だからだと言える。

「七宝（しつぽう）、久し振りだな」

まず達也（たつや）が琢磨（たくま）に応じた。

「そうですね。お久し振りです」

「例の仕事は終わったのか？」

達也は琢磨が映画の撮影に参加していたことを知っている。芸能界にメイジアンの就業先を作るという小和村真紀の構想に達也も一枚嚙んでいるからだ。

「はい、先月末に」

そのことを知っている琢磨は、特に慌てることもなく達也の問い掛けに頷いた。

「七宝くん、久し振りで悪いんだけど、その……」

次にほのかが、申し訳なさそうに琢磨へ話し掛ける。

「ああ、もしかして北山先輩がいらっしゃる予定なんですか？」

このテーブルは四人席。空いている椅子は一つだけ。

「ええ、そうなの」

「分かりました。では次の機会に」

琢磨はあっさり引き下がった。実を言えば、彼は分かっていて相席を打診したのだ。その証拠に、彼は食事が載ったトレーをテーブルに置かず手に持ったままだった。

「ごめんなさいね」

断らせて罪悪感、ほのかに「借り」を意識させる。これはその為の手管だ。

「いえ、気にしてないですよ」

映画の撮影で仕込まれた爽やかな笑顔を浮かべて、琢磨（たくま）は別のテーブルへ向かった。

この日、ランチタイムだけでなく午後の講義の合間、講義の終了後にも琢磨（たくま）のほのかに対するアプローチは繰り返された。

七月三日土曜日の魔法大学、午前の講義終了直後。キャンパス内はランチに向かう学生で賑（にぎ）わっていた。混雑と言うほど人口密度は高くないが、人の流れが一方向ではないので雑然としている印象が強かった。

二限目が実験だった琢磨（たくま）は——琢磨（たくま）の専攻は文系・理系の分類に当てはめれば文系だが、魔法学の実験はどちらにも必須だ——北門近くの実験棟からキャンパスのほぼ中央にある学生食堂にたどり着いた。そして学食の入り口近くでキョロキョロと辺りを見回しているほのかを見付けた。

隣に雫（しずく）はいない。また教室においてきているのだろう。

「光井（みつい）さん」

琢磨（たくま）がほのかに声を掛けようとしたその直前、別の方向からほのかに近付いてきた男子学生

が彼女に声を掛けた。西位真友だ。

「今からお昼ですよね。一緒にどうです？」

「えっ、でも……」

琢磨には、ほのかが躊躇う理由が分かっている。

「光井先輩。司波先輩なら北門から外に出て行かれましたよ」

琢磨は遠慮無くほのかと真友の会話に割って入った。

「七宝くん」

ほのかが振り返る。その向こうでは真友が顔を顰めているが、琢磨はまるで気にしていない。

いや、むしろ望むところだった。

「北山先輩はご一緒じゃないんですか？」

「雫？　もうすぐ来ると思うけど」

「でしたら先に、席を取っておきましょう」

ほのかにそう言って、琢磨は真友に目を向けた。

「西位君も相席するか？」

琢磨にいきなり声を掛けられて、真友は意表を突かれた驚きを露わにする。

「……元一高の七宝君だったな」

真友の方でも、二年前に激戦を繰り広げた琢磨のことを覚えていた。

そして、一目で理解した。

「光井（みつい）さんさえ良ければ相席させてもらうよ」

琢磨（たくま）がライバルだということを。

「あ、あの、二人とも……？」

いきなり火花を散らし始めた二人に、ほのかは戸惑いを隠せない。

「……何してるの？　席が埋まっちゃうよ」

そこへ到着した雫（しずく）が、呆（あき）れ声でツッコんだ。

琢磨（たくま）と真友（まとも）はばつが悪そうな顔で空席探しに動き出した。

◇　◇　◇

「ほのか、モテモテだったね」

「もう……からかわないでよ、雫（しずく）」

場所は北山（きたやま）邸の、雫（しずく）の部屋。ほのかは現在、住み込みのボディガードとして北山（きたやま）邸で暮らしている。今はテーブルを挟んで、一緒にゼミのレポートを作成しているところだ。もっと正確に言えばレポート作成の合間のティーブレイク中だった。

「ゴメン。でもあの二人は、ほのかのことをからかっているわけじゃないと思うよ」

「それは……」

分かってる、というほのかのセリフは途中で途切れた。

「ほのかも、あんまり嫌そうじゃなかったね」

口ごもったほのかに、雫は遠慮しない。

「……ちやほやされるのは嫌じゃないよ。女子として自信が持てる気もするし」

ほのかは悪びれない口調で答えて「雫だってそうでしょう？」と付け加えた。

「今は私の話じゃないし、そういう話でもないよ」

「雫、何が言いたいの？」

雫の態度を少ししつこいと感じたほのかが眉を顰める。

「達也さんに誤解されるのが怖くないの？」

「達也さんは、誤解なんかしないよ……」

弱々しい口調は、自分の言葉をほのかが自分でも信じていない証拠だった。

「思えば年始の辺りから、ほのかはおかしかった」

雫はそんな細かな点には拘らなかった。彼女の疑念と違和感は、昨日今日に育ったものではない。その根拠は、もっと以前から感じていたものだ。

「態とらしいアプローチ。軽薄なアピール。男子が引き、女子に嫌われるステレオタイプな『鬱陶しい』女を演じているみたいな不自然さ。ほのかはまるで、達也さんに振られたいと思

っているみたいだったよ」

「酷（ひど）い！　だったら言ってくれれば良いのに！」

雫（しずく）の指摘の後では、この抗議までもが空々しく感じられる。

「私、何度も言ったよ。似合わないって」

「……そうだったかな」

「二人きりの時に『似合わないから止めるべき』って忠告したのも、一度や二度じゃなかったよ」

「…………」

遂（つい）にほのかは、白（しら）を切ることもできなくなった。

「ねえ、ほのか。私はもう、見ていられないよ」

奥歯を硬く噛（か）み締（し）めていたほのかの口から、呻（うめ）きに似た吐息が漏れる。

彼女の目に涙が滲（にじ）む。

「ごめっ――」

「ごめんなさい！」

慌てて雫（しずく）が謝罪しようとする言葉に、ほのかの謝罪が重なった。

「ごめんなさい。心配掛けてごめんなさい。ごめんなさ……」

ほのかが両手で顔を覆って泣き出した。

雫は立ち上がりテーブルを回り込んで、ほのかの頭を胸の中に抱え込んだ。

「雫の言うとおりだよ」

泣き止んだほのかは、再び対面の席に座った雫にぽつりと告白した。

「私、達也さんに振って欲しかったんだ」

「どうして？」

雫の口調に、咎める成分はない。ただ疑問を表すものだった。

「年末にね、ふと思ったんだ」

穏やかと言うより希薄な声音で、ほのかが隠していた心情を語り出す。

「私、いつまでこんなことを続けるんだろうって」

「……辛くなったの？」

問い掛ける雫の声は、彼女の方が辛そうだった。

「ううん」

ほのかは首を左右に振った。

「何て言うのかな……。何か、思っていたのと違うって感じたの」

「違う？」

「私の恋は、もっと苦しいものだって思ってた。だって、何処まで行っても達也さんの一番は

深雪（みゆき）で、私は女として見てもらえない。欲情すらしてもらえない。でもそれが全然辛（つら）くないって気付いたんだ」

「そうなんだ……」

「うん、そうなの。私は達也（たつや）さんが大好きだけど、私の『好き』はもしかしたら恋愛とは別の『好き』じゃないかって、気付いてしまった」

「………」

「でもそれって、口惜（くや）しいじゃない」

「えっ？」

急にサバサバした口調になったほのかのそのセリフに、雫（しずく）は大きな疑問符を浮かべた。

「私は確かに恋をしていたのに、それが何時（いつ）の間（ま）にか恋じゃなくなっていたなんて。私は恋をしていたはずなのに、最初から勘違いだったかもしれないなんて」

「……勘違いじゃなかったよ。ほのかは達也（たつや）さんに恋をしていた」

「ありがとう、雫（しずく）。でもね、私、自信が無くなっちゃったんだ」

「………」

「恋心に自信を無くした段階で、恋する女としては負けだよね」

「……そんなことないよ」

「ううん、そうなの」

ほのかが大きく頭を振る。

「振られもせずに負けなんて、まるで不戦敗じゃない？　それとも没収試合？　そんなのは納得できないって思った」

ほのかが手を握り締めて拳を作っているのは無意識の所作か。

彼女は妙に闘争的な雰囲気を醸し出していた。

「失恋するなら、きちんと振られたい。そう思ったの」

ほのかはきっぱりとそう言って、

「私だけじゃなく、達也さんにもはっきりと結論を出してもらいたいって思ったの」

すぐに、こう続けた。

自分勝手な言い分だった。

「……達也さんにはいい迷惑」

少なくとも雫はそう感じた。

「そのくらいの我が儘は良いかなって」

ほのか自身も「我が儘」と感じていたことに、雫は何となくホッとした。

「……ほのか。まだ続けるの？」

何となく「これでお仕舞い」という空気が漂う沈黙を破って雫がほのかに訊ねる。

「どうしようかな……。正直に言って、もういいかなって気持ちもあるんだ」

口調は軽かったが、ほのかの瞳には本物の迷いがあった。

「もう止めた方が良いよ」

雫の答えに、迷いは無かった。

「振られる為につまらない女を演じるなんて、馬鹿げているよ」

「うーん……。でも、ここで止めたら全部無駄になっちゃうというか」

「どうせ無駄だよ」

「えーっ？」

「達也さんを思い通りに操ろうなんて、深雪でもきっと無理」

雫の断言に、ほのかは大きなため息を吐いた。

それでもほのかは、止める決断ができない。雫にはそう見えた。

「——ほのか。私から提案」

「なになに？」

ほのかが期待の眼差しを雫に向ける。

「達也さんにお願いしてみたら。正直に『私を振ってください』って」

一見突拍子も無い提案だが、ほのかは頭ごなしに否定しなかった。

むしろ、「盲点だった」という顔をしていた。

「正直は最良の策（Honesty is the best policy）って言うじゃない。達也（たつや）さんにはどうせ小細工は通用しないんだから、本音をぶつけるのが一番だよ」

雫（しずく）が頷（うなず）く。

「この恋に決着を付けたいから振ってください、って？」

「でもそれって、かなり馬鹿みたいじゃない？」

「振られたくてダメ女を演じる方が、ずっと頭が悪いよ」

「酷（ひど）っ。でも、そうかもね……」

ほのかが悩んでいた時間は短かった。

「――うん、分かった。月曜日、達也（たつや）さんにお願いしてみるよ。呆（あき）れられるかもしれないけど」

「それは間違いなく、呆（あき）れられるだろうね」

「雫（しずく）ぅ……」

「でもきっと、良（い）い方向に向かうよ。達也（たつや）さんとの関係も、深雪（みゆき）との関係も」

「そうだね」

一転してほのかは、吹っ切れたように笑った。

二一〇〇年七月五日、月曜日。

魔法大学に登校した深雪の隣には、リーナの姿があった。

正門の前で達也を待っていたほのかと雫は二人の挨拶に応えた後、適当に用事をでっち上げて構内に入っていく深雪とリーナを見送った。

「達也さんは……」

「……お休みだったね」

ほのかと雫は、顔を見合わせて同時にため息を吐く。

「光井先輩！」

そこへ正門の中から爽やかに張り上げた声が掛かった。七宝琢磨だ。

「光井さん！」

琢磨に張り合うような声が背後の歩道から聞こえる。酉位真友だった。

「取り敢えず決着は達也さんが大学に来るまでお預け。それまで後輩を振り回す悪女プレイを楽しんだら？」

雫が冗談にしか聞こえないことを大真面目な顔でほのかに提案する。

「プレイって。嫌よ、悪女なんて面倒臭い」

心底嫌そうに答えるほのか。

だが琢磨（たくま）と真友（まとも）が競歩のような勢いで近付くと、ほのかは愛想（あいそ）の良い（い）笑顔で「おはよう、七宝（しっぽう）くん」「おはよう、酉位（とりい）くん」と別々に朝の挨拶を返した。そこに、達也（たつや）に会えなかった失望は欠片（かけら）も見当たらない。

後輩を上手（うま）くあしらっているほのかを見て、雫（しずく）がそっとため息を吐く。

（……ほのかには十分、悪女の素質があるよ）

雫（しずく）は心の中で、そう呟（つぶや）いた。

（……でもほのかだって、達也（たつや）さんに対する気持ちにけりを付けなきゃ新しい恋なんてできないんだし）

しかしすぐに「仕方が無いか」と思い直す。

（タイミングが悪かったね、二人とも）

琢磨（たくま）と真友（まとも）には気の毒に思うが、しばらくほのかの気晴らし相手になってもらおう。――そんなことを考えていた雫（しずく）の方こそ、悪女の素質があるのかもしれない。

本編エピローグ：帰国者たち

七月五日、月曜日。

一昨日、USNAから帰国した真由美と遼介は昨日一日休んだだけで魔法工業技術専門学院、通称「魔工院」に出勤していた。なお真由美は昨日、実家から伊豆の社宅に戻っている。ただ二人とも、本日予定されている仕事は一つだ。渡米の成果を達也に報告すれば、今日はもう帰って良いことになっていた。そして二人は、ほとんど待つ必要が無かった。

「おはようございます、皆さん」

達也は朝九時に、魔工院に姿を見せた。

「おはようございます、専務」

事務室に顔を出した達也に真由美が立ち上がって挨拶を返し、部屋中から同じセリフが続く。

無論遼介も、真由美にワンテンポ遅れて立ち上がり達也に朝の挨拶を行った。

「七草さん、遠上さん。準備ができましたら理事室に来てください」

達也が早速、報告を求める。

「かしこまりました」

お辞儀する真由美に頷いて、達也は事務室を後にした。

達也がデスクに腰を落ち着けた約十分後、彼の執務室である「理事室」のドアがノックされた。

「遠上です。七草さんと、出張のご報告に参りました」

「入ってください」

達也はそう言いながら、ドアをリモートで解錠する。

そして「失礼します」と言いながら入ってきた遼介と真由美を、彼は立ち上がって出迎えた。

「そちらに座って下さい」

二人に応接セットのソファを勧め、達也はその向かい側に、先に腰を下ろした。

真由美が遼介と顔を見合わせ、目で順番を譲られて先に座る。遼介も、すぐその後に腰掛けた。

達也が二人に目を向ける。

その視線に応えて真由美が口を開いた。

「ご報告します。FEHRの代表であるミズ・レナ・フェールはメイジアン・ソサエティとの提携を前提に専務との話し合いをお望みです」

「私とですか？　代表のチャンドラセカール博士とではなく？」

「私もミズ・フェールにそうお訊ねしましたが、先方は専務との会談をお望みでした」

「そうですか……」

達也は少しだけ黙考し、

「あちらとの連絡手段は確保できていますか？」

真由美にそう訊ねた。

「はい、こちらです」

真由美が携帯端末を取り出し電話番号とメールアドレスを表示した。電話番号は衛星電話のものだ。

達也は三秒程その画面を見詰めて「分かりました」と軽く頷いた。忘れるということがない彼には、それで十分なのだ。

「他に何か、特筆すべきことはありませんでしたか？」

「あります」

真由美の答えは、少々意外なものだった。「ある」という回答そのものよりも、考える素振りも見せなかった点で。

「ほう。何でしょうか」

達也が興味を隠さずに訊ねる。

「懐かしい方に再会しました。一高でカウンセラーを務めていた小野遥先生です」

「小野先生が？　一高を辞めたとは聞いていましたが」

実を言えば、達也はもう少し踏み込んだところまで事情を知っていた。

小野遥は警察省公安庁の秘密捜査官――公安のスパイだった。本人は「カウンセラーが本職でスパイは嫌々やらされている」と言っていたが、そんな戯言が通用しないレベルで彼女は諜報の闇にどっぷり浸かっていた。

だから二年前、公安庁が抱えるスパイの間で発生した深刻な勢力争いに、遥は否応無しに巻き込まれた。その騒動は国内で暗殺合戦にまで発展し、彼女はそこから逃れる為に一年半前、以前師弟関係にあった八雲を頼って身を隠したのだった。東京を脱出して何処へ行ったのか、達也も具体的な場所までは知らなかったが、何時の間にか太平洋を越えていたようだ。

「今は何をされていましたか？」

「シアトルの探偵事務所で働いていると仰ってましたよ。ちょうどFEHRの依頼を受けている最中だったようです」

「そうですか……」

遥は一体どんな依頼を受けているのか。単なる興味や好奇心ではなく、知っておくべきことのように達也には思われた。

前後の事情も含めて情報を集めるべきだ、と達也は考えた。

　リーナは真由美たちより一日遅れで昨日戻ってきたばかりだったが、時差ボケをものともせず魔法大学に登校していた。

　キャンパスは先週の土曜日以来だ。ブランクはたったの一週間だが、彼女が知らない大小様々なニュースがあり変化があった。

「……特にマサキの変わりよう。一体どんな心境の変化があったのかしら？」

　混雑する学食から早々に引き上げてゼミ室で一休みしているリーナが、同じくゼミ室に避難した深雪に問い掛ける。

「わたしも詳しいことは知らないわ。今朝から急に、ああなっていたから」

「ふーん……。土日に何かあったのかしらね」

「それよりリーナ。お休みしていた間、貴女の方では何も無かったの？」

　昨日は帰国したばかりということもあって、達也も深雪もリーナから詳しい話を聞けていない。無論こんな他人の耳目があるところで話せることではないが、取り敢えず大きな問題が無かったかどうかだけ確認しておこうと、深雪は考えたのだった。

「あー……、まあ、色々ね。帰ってから話すわ」

そしてどうやら、聞かなければならない問題が向こうで発生していたらしい。

今夜は長くなりそうだと、深雪は思った。

◇◇◇

達也への報告が終わって真由美は予定どおり早退したが、遼介は魔工院に残っていた。

学院長に就任した八代隆雷に指示を仰いでシステム的な作業を進めていた遼介だが午後四時を過ぎたところで、達也に二人きりの面談を求めた。

再び理事室に赴いた遼介は勧められたソファには座らず、達也のデスクの前に立った。

「何か、七草さんには聞かせられないことでもありましたか」

達也が遼介に、水を向ける。

「それもありますが、向こうは真夜中でしたので」

「なるほど。朝になるのを待っていたということですね」

遼介のセリフには具体的な地名が欠けていたが、達也は「向こう」がバンクーバーのことだと正確に理解した。

「電話を掛ければ良いんですか？」

「いえ、少しお待ちいただければ」

達也の問いに遼介は首を横に振る。そして、口をつぐんだ。

面会を求めてきたのは遼介の方であるにも拘わらず、彼は用件を口にしない。

しかし達也は長く悩まずに済んだ。

遼介が何故二人きりの面会を求めてきたのか、すぐに分かった。

遼介の隣にぼんやりと人の形をした靄が生じる。

靄は急速に色と輪郭を備えて、人の姿になった。

それが系統外魔法・アストラルプロジェクションによる虚像だと、達也は一目で理解した。

透き通るような明るい栗色の髪、琥珀色の瞳。

達也より五歳前後年下の、中高生のような外見の少女。

この条件に当てはまる容姿の持ち主の名を、すぐに達也は脳裏に思い浮かべた。

『初めまして、ミスター・シバ。お許しもなくいきなりお邪魔しましたご無礼をお許し下さい』

達也の表層意識に、アストラル体からのテレパシーが届く。

『私はレナ・フェール。FEHRの代表を務めております』

達也が思い浮かべたまさにその名を、少女のアストラル体が名乗った。

『ミスター・シバ。私共が現在直面している困難について、是非とも聞いていただきたいのです。そしてよろしければ、御力を貸してください』

思念の声には、懇願というほど追い詰められている感は無い。だがその声音から、彼女にはあまり余裕が無いことも伝わってきた。

「ちょうど良かった。私もそちらの状況を詳しく知りたいと思っていたところです」

達也の応えに、レナのアストラル体はホッとした表情を浮かべる。

「まず貴女の話を聞かせてください。分からないことがあれば質問します」

『承知しました。……事態は、ミスターもご存じのＦＡＩＲがシャスタ山に調査隊を派遣したことに端を発します』

そしてレナはＵＳＮＡで何が起こっていたのか、これから何が起ころうとしているのか、彼女の推測も交えて達也に語り始めた。

あとがき

メイジアン・カンパニー第三巻をお届けしました。
如何でしたか？　お楽しみいただけましたでしょうか。

この第三巻は半分がメインストーリー、半分がサイドストーリーという構成です。『メイジアン・カンパニー』は『魔法科高校の劣等生』の続編という位置付けですので、登場人物にも連続性があります。ただ、全ての登場人物をストーリーに絡ませることはできません。物語の舞台が違いますから、前シリーズでレギュラーだったキャラクターもこのシリーズでは登場機会が無いというケースは当然発生します。また登場の機会はあっても、本筋との関係性が低くキャラクターを深く掘り下げられないというケースもあります。

この第三巻に収録した二本のサイドストーリーはこうした隙間を埋める試みです。不評でなければこれからもこうしたエピソードを短編の形で本編に挿んでいきたいと思います。

このあとがきを書いているのは西暦二〇二一年七月末。現在、コビッド・ナインティーンの蔓延が極めて深刻化しています。まさに感染爆発です。本当にこの深刻な状況が収まるのか、心配になってきました。

ワクチンが効くのかどうか、治療薬が完成するのかどうか、今の私には分かりません。日本で集団接種に使用しているワクチンは効くと思っていますが、今後ワクチンが効かない変異株が出現しないとも限らない――そんな不気味な恐れを拭い去れずにいます。

本当に人流が減れば感染は減速するのでしょうか。もしそれが本当なら、学生、生徒はクラブ活動やサークル活動を止めて授業が終わり次第帰宅する。サラリーマンは残業せずに定時に帰宅する。家に閉じこもり読書やゲーム、テレビによるスポーツ観戦やアニメ、ドラマの視聴で余暇を過ごす。他人との交流はオンラインで済ませる。――こんな生活パターンこそが正解ということになります。

つまりオタクこそがこの時代に適応した、現代人のあるべき姿ということになりますね。一説に依(よ)れば「オタク」の語源は某アニメキャラが「お宅様」を縮めた「お宅」という二人称を使っていたのがファンの間に広まったのだそうです。この「オタク」の意味が「自宅にこもって過ごす人」に変わるくらい、ステイホームが進めばCovid-19の蔓延(まんえん)も収まるに違いありません。――人流削減が本当に感染減速につながるのであれば、ですが。

もしかしたらCovid-19は日本社会の在り方を変える契機になるかもしれません。大都会では朝晩の満員電車に人々が苦しみ、田舎では電車もバスも一時間に一本、所によっては電車もバスも無いという不便を強いられる。……まあ、そんな現状に言いたいことは色々とありますがここでは止めておきます。これ以上は政治の話になってしまいますので。

ただオンラインで済ませることができる範囲が広がれば、公共交通機関や道路整備に関わる問題は解決に向けて大きく前進すると思うのです。買い物一つ取っても、オンラインが本当に進展すればシャッター商店街問題の解決にもつながるのではないでしょうか。二十年くらい前でしたか、ＮＴＴが光回線の宣伝でそういうテレビコマーシャルをやっていたような記憶があります。人々の物理的な行動半径が縮まれば、近所の商店からの配達に日々の買い物を依存する「御用聞き」の商い文化が復活する可能性も低くないと思うんですよね。キャッシュレスが進めば御用聞き商売の最大のネックである手元現金、釣り銭の問題も解消するはずですし。

この国難を是非ともプラス方向に活かしてもらいたいものです。

まあ、そういう大きな問題はさておいて、取り敢えず何が言いたいのかと言えば。

皆さん、自宅で本を読みましょう。

……とまあ、我田引水なオチが付いたところで（付きましたかね？）。予定どおりならば、この本が出る頃にはアニメ『追憶編』のスケジュールがそろそろ固まっているはずです。追憶編アニメ以外にも、十周年企画の情報が発表されていると思います。ご期待ください。

第四巻は今回敢えて飛ばした、真由美、遼介、リーナのアメリカ滞在期間中のストーリーになります。アメリカ西部が主な舞台になりますが、渡米組だけでなく日本在留組もきちんと活躍しますのでご安心ください。

また次の刊行は『キグナスの乙女たち』第三巻になる予定です。こちらは二巻までと少し雰囲気が違うものになるかもしれませんが、よろしくお願いします。

それでは、今回はこの辺で。お読みくださり、ありがとうございました。

（佐島　勤）

◉佐島　勤著作リスト

「魔法科高校の劣等生①〜㉜」（電撃文庫）
「魔法科高校の劣等生SS」（同）
「続・魔法科高校の劣等生　メイジアン・カンパニー①〜③」（同）
「新・魔法科高校の劣等生　キグナスの乙女たち①〜②」（同）
「魔法科高校の劣等生　司波達也暗殺計画①〜③」（同）
「ドウルマスターズ1〜5」（同）
「魔人執行官（デモーニック・マーシャル）　インスタント・ウィッチ」（同）
「魔人執行官（デモーニック・マーシャル）2　リベル・エンジェル」（同）
「魔人執行官（デモーニック・マーシャル）3　スピリチュアル・エッセンス」（同）

本書に対するご意見、ご感想をお寄せください。

ファンレターあて先
〒102-8177　東京都千代田区富士見2-13-3
電撃文庫編集部
「佐島 勤先生」係
「石田可奈先生」係

本書は書き下ろしです。

電撃文庫

続・魔法科高校の劣等生
メイジアン・カンパニー③

佐島 勤

2021年11月10日　初版発行

発行者　青柳昌行
発行　株式会社KADOKAWA
〒102-8177　東京都千代田区富士見2-13-3
0570-002-301（ナビダイヤル）
装丁者　荻窪裕司（META＋MANIERA）
印刷　株式会社暁印刷
製本　株式会社暁印刷

●お問い合わせ
https://www.kadokawa.co.jp/（「お問い合わせ」へお進みください）
※内容によっては、お答えできない場合があります。
※サポートは日本国内のみとさせていただきます。
※ Japanese text only

※定価はカバーに表示してあります。

ISBN978-4-04-913931-0　C0193　Printed in Japan

電撃文庫　https://dengekibunko.jp/

電撃文庫創刊に際して

文庫は、我が国にとどまらず、世界の書籍の流れのなかで〝小さな巨人〟としての地位を築いてきた。古今東西の名著を、廉価で手に入りやすい形で提供してきたからこそ、人は文庫を自分の師として、また青春の想い出として、語りついできたのである。

その源を、文化的にはドイツのレクラム文庫に求めるにせよ、規模の上でイギリスのペンギンブックスに求めるにせよ、いま文庫は知識人の層の多様化に従って、ますますその意義を大きくしていると言ってよい。

文庫出版の意味するものは、激動の現代のみならず将来にわたって、大きくなることはあっても、小さくなることはないだろう。

「電撃文庫」は、そのように多様化した対象に応え、歴史に耐えうる作品を収録するのはもちろん、新しい世紀を迎えるにあたって、既成の枠をこえる新鮮で強烈なアイ・オープナーたりたい。

その特異さ故に、この存在は、かつて文庫がはじめて出版世界に登場したときと、同じ戸惑いを読書人に与えるかもしれない。

しかし、〈Changing Times,Changing Publishing〉時代は変わって、出版も変わる。時を重ねるなかで、精神の糧として、心の一隅を占めるものとして、次なる文化の担い手の若者たちに確かな評価を得られると信じて、ここに「電撃文庫」を出版する。

1993年6月10日
角川歴彦

電撃文庫DIGEST　11月の新刊

発売日2021年11月10日

続・魔法科高校の劣等生 **メイジアン・カンパニー③** 【著】佐島 勤　【イラスト】石田可奈	FEHRとの提携交渉のためUSNAへ向かう真由美と遼介。それを挑発と受け取る国防軍情報部は元老院へ助力を求める。しかし、達也にも策はある。魔法師の自由を確立するためマテリアル・バーストが放たれる——。
ソードアート・オンライン　オルタナティブ **ガンゲイル・オンラインXI** —フィフス・スクワッド・ジャム〈上〉— 【著】時雨沢恵一　【イラスト】黒星紅白　【原案・監修】川原 礫	突如開催が発表された第５回SJへの挑戦を決めたレンたち。そこへ、思いもよらない追加ルールの知らせが届く——。それは『今回のＳＪでレンを屠ったプレイヤーに１億クレジットを進呈する』というもので……。
ギルドの受付嬢ですが、残業は嫌なのでボスをソロ討伐しようと思います3 【著】香坂マト　【イラスト】がおう	業務改善案を出した者に「お誕生日休暇」が……!?　休暇をゲットするため、アリナは伝説の受付嬢が講師を務める新人研修へもぐりこむが——!?　かわいい受付嬢がボスと残業を駆逐する大人気シリーズ第３弾!!
ユア・フォルマIII 電索官エチカと群衆の見た夢 【著】菊石まれほ　【イラスト】野崎つばた	「きみはもう、わたしのパートナーじゃない」抱えこんだ秘密の重圧からか、突如電索能力が低下したエチカ。一般捜査員として臨んだ新事件の捜査で目の当たりにしたのは、新たな「天才」と組むハロルドの姿で——。
娘じゃなくて私(ママ)が好きなの!?⑥ 【著】望 公太　【イラスト】ぎうにう	私、歌枕綾子、３ピー歳。タッくんと東京で同棲生活をしていたがひとつ屋根の下で生活していくうちに——恋人として一歩前進する……はずだった？
ドラキュラやきん!4 【著】和ヶ原聡司　【イラスト】有坂あこ	京都での動乱から二週間、アイリスがおかしい。虎木を微妙に避けているようだ。そんな中、村岡の娘・灯里が虎木の家に転がり込んでくる。虎木とアイリスが恋人だという灯里の勘違いで、事態は更にややこしくなり!?
日和ちゃんのお願いは絶対4 【著】岬 鷺宮　【イラスト】堀泉インコ	あれから、季節は巡り……日和のいない生活の中、壊れてしまったけれど続く「日常」を守ろうとする俺。しかし、彼女は、再び俺の前に現れる——終われずに続く世界と同じように、終われない恋の、続きが始まる。
サキュバスとニート 新作 ～やらないふたり～ 【著】有象利路　【イラスト】猫屋敷ぷしお	サキュバス召喚に成功してしまったニート満喫中の青年・和友。「淫魔に性的にめちゃくちゃにしてほしい」。そんな願いを持っていたが、出てきたのは一切いうこと聞かない怠惰でワガママなジャージ女で……？
新作 **僕らのセカイはフィクションで** 【著】夏海公司　【イラスト】Enji	学園一のトラブルシューター・笹貫文士の前に現れた、謎の少女・いろは。彼女は文士がWebで連載している異能ファンタジー小説のヒロインと瓜二つで、さらにいろはを追って同じく作中の敵キャラたちも出現し——？
護衛のメソッド 新作 —最大標的の少女と頂点の暗殺者— 【著】小林湖底　【イラスト】火ノ	裏社会最強の暗殺者と呼ばれた道真は、仕事を辞め平穏に生きるため高校入学を目指す。しかし、理事長から入学の条件として提示されたのは「娘の護衛」。そしてその娘は、全世界の犯罪組織から狙われていて——。
新作 **こんな可愛い許嫁がいるのに、他の子が好きなの?** 【著】ミサキナギ　【イラスト】黒兎ゆう	貧乏高校生・幸太の前に突如現れた、許嫁を名乗る超セレブ美少女・クリス。不本意な縁談に二人は《婚約解消同盟》を結成。だがそれは、クリスによる幸太と付き合うための策略で——？
新作 **娘のままじゃ、お嫁さんになれない!** 【著】なかひろ　【イラスト】涼香	祖父の死をきっかけに高校教師の桜人は、銀髪碧眼女子高生の藍良を引き取ることに。親代わりとして同居が始まるが、彼女は自分の生徒でもあって!?　親と娘、先生と生徒、近くて遠い関係が織りなす年の差ラブコメ！

KEYWORDS

ドッペルゲンガー

自分自身の姿を写した化成体を作り出し五感や幻術的な攻撃力を持たせる魔法。

現代魔法の観点から見れば、無駄の多い術式であり古い魔法であるが、現代魔法に無い継続的な戦闘補助が可能。

化成体が攻撃されても本体が直接傷を負うことは無いが、化成体に五感を持たせている為、攻撃を受ければ痛みを覚える。また、精神干渉系魔法に対しては、化成体を介して精神を攻撃される恐れがある。

元老院

日本の陰を支配する権力者の一団。またの名を『玄老院』。国の『表』の秩序を怪異や妖魔、道を外れた魔法師という『裏』の力から守るのが目的。

元老院は様々な『力ある者』を支配下に置いており、四葉家もその一つ。

元老院の人数は決まっておらず、十人から十五人の間を変動している。

その中でも最も発言力が強い四家の当主のことを四大老と呼び、元老院設立当初からその地位についている。

四葉家のスポンサーであり、リーナが帰化した際に養子として迎えている東道青波は四大老の一人。

サード・アイⅡ

かつて国防陸軍第101旅団独立魔装大隊が作成した遠隔照準補助システム搭載のCAD『サード・アイ』を元にし、四葉家が独自に組み上げたライフル型のCAD。

達也の使用する戦略級魔法『マテリアル・バースト』に最適化されており、数億キロ離れた超長距離照準が可能。

続・魔法科高校の劣等生
メイジアン・カンパニー
The irregular at magic high school
Magian Company
3
佐島勤
Tsutomu Sato
illustration／石田可奈
Kana Ishida
illustrator assistant／ジミー・ストーン、末永康子
design／BEE-PEE